D1928561

btb
Aus Freude am Lesen

btb

Buch

Eine Kindheit in Island: Jóhann Pétursson kann sich besseres vorstellen, als erwachsen zu werden. Aber man läßt ihm ja keine Wahl. Ein Buch vom Staunen über die Welt – und über die schmerzliche Erkenntnis, daß auch kleine Jungs nicht unsterblich sind... »Die Ritter der runden Treppe« ist die Geschichte zweier aufregender Tage im Leben des sechsjährigen Jóhann Pétursson, von ihm selbst erzählt. Und das tut er so unbekümmert und frech, daß uns Hören und Sehen vergeht. Ob es sich nun um »Die Würstchen in Siggis Topf«, »Das Lügenzeichen mit den Zehen« oder »Papas Zimmermannshammer« handelt, mit dem es eine ganz besondere Bewandtnis hat – denn Pétur hat seinem Freund Oli damit auf den Kopf gehauen, worauf dieser ihn höchstpersönlich von seiner Geburtstagsparty ausgeschlossen hat, was natürlich ungewöhnliche Maßnahmen verlangt, denn die Kränkung sitzt tief: »Ich, Jóhann Pétursson, bin also nicht zu deinem Geburtstag eingeladen, Oli, obwohl du mich kürzlich eingeladen hattest... mich nicht zu Olis Geburtstag einzuladen ist gleichbedeutend mit dem Ausschluß einer ganzen Nation aus den Vereinten Nationen.«

Ein großes Buch vom Staunen. Von einem der auszog, erwachsen zu werden, und es mit dem Verlust der Unschuld bezahlte.

Autor

Einar Már Gudmundsson wurde 1954 in Island geboren, wo er mit seiner Familie auch heute noch lebt. Er ist der Autor mehrerer Gedichtbände. Seine Romane sind in viele Sprachen übersetzt und mehrfach ausgezeichnet worden. »Die Ritter der runden Treppe« ist sein erster Roman, der 1988 in einem Kleinverlag erstmals auf deutsch erschien. 1998 erschien bei Hanser sein Buch »Engel des Universums«, für das er mit dem Preis des Nordischen Rates ausgezeichnet wurde.

Einar Már Gudmundsson

Die Ritter der runden Treppe

Roman

Aus dem Isländischen von
Gudrun Marie Hanneck-Kloes

btb

Die isländische Originalausgabe erschien 1982 unter dem Titel
»Riddarar Hringstigans« bei Almenna bókafélagid, Reykjavik

Umwelthinweis:
Alle bedruckten Materialien dieses Taschenbuches
sind chlorfrei und umweltschonend.

btb Taschenbücher erscheinen im Goldmann Verlag,
einem Unternehmen der Verlagsgruppe Bertelsmann.

1. Auflage
Deutsche Neuveröffentlichung Juli 1999
Copyright © 1982 by Einar Már Gudmundsson
Copyright © der deutschsprachigen Ausgabe
1999 by Wilhelm Goldmann Verlag in der Verlagsgruppe
Bertelsmann GmbH, München
Copyright © der deutschsprachigen Übersetzung
by Wolfgang Butt Verlag, Mönkeberg 1988
Umschlaggestaltung: Design Team München
Umschlagfoto: IFA/IT/tpl
Satz: IBV Satz- und Datentechnik GmbH, Berlin
RK · Herstellung: Augustin Wiesbeck
Made in Germany
ISBN 3-442-72495-3

Heaven loves ya!
Clouds part for ya!
Nothing stands in your way
When you're a boy.

DAVID BOWIE

I. TEIL

Papas Zimmermannshammer

Papas Zimmermannshammer

Während ich mit Papas Zimmermannshammer die frisch gebohnerte Treppe hinunterlaufe, sitzt Óli auf dem Öltank vor dem Haus.

Bevor ich mir noch darüber klar werde, habe ich Óli mit dem Zimmermannshammer auf den Kopf geschlagen.

Óli schreit.

Óli bebt.

Ólis Kopf verwandelt sich in viele Köpfe. Óli hat vier Köpfe.

Danach: poff.

Aus dem Stoppelkopf schießt eine Beule hervor, ein kleines, weißes Ei, und die Tränen scheinen vor Óli her durch die Kellertür ins Haus hineinzulaufen.

Ich bleibe allein vor dem Öltank zurück, der halb in die Erde eingelassen ist. Allein mit dem Zimmermannshammer in der Hand. Mit meinen Blicken sprenge ich den Tank in die Luft.

Feuergelbe Funken schießen aus der Erde.

Verdammte Scheiße!

Ich verfluche den Zimmermannshammer.

Ich verfluche Papa, dem der Zimmermannshammer gehört.
Ich verfluche Óli, weil er mit seinem Kopf im Weg war.

Ich verfluche den Laden, der Zimmermannshämmer verkauft.

Ich fluche. Ich fluche.

Weg mit dem Zimmermannshammer!

Meine Hände. Ich und der Zimmermannshammer.

Ich bin nirgends.

Meine Hände habe ich hoch auf den Balkon geworfen.

Den Zimmermannshammer vergrabe ich.

Ich bin nirgends.

Der Öltank rührt sich nicht, obwohl ich ihn mit meinen Blicken in die Luft gejagt habe. Keine Geigentöne aus der Dachrinne, bloß Krächzen.

Als ich das ungeduldige Rucken der Balkontür höre, weiß ich, daß Mama über das Telefon von dem Vorfall erfahren hat. Durch meinen Kopf hindurch höre ich, was Jóna, die Mutter von Óli, gesagt hat. Óli, durch meinen Kopf hindurch höre ich unsere Mütter telefonieren.

Mich gibt es nicht.

Ich bin nirgends.

Hinter einem Mülltonnendeckel am Müllplatz hockend, hoffe ich, daß sich mein Wunsch erfüllt: Im Traum schaffen mich die Müllmänner fort. Weg, weg mit dem übrigen Müll.

Mich gibt es nicht.

Eine grüne Flasche wird an die Insel gespült; als die verschleierte Prinzessin den Korken herauszieht, werde ich zur Rauchsäule. Für einen Augenblick verwandele ich mich in einen Riesen. Der Mülltonnendeckel ist ein fliegender Teppich.

Jetzt ist Mama auf die Treppe hinausgetreten. Am Müllplatz kann ich spüren, wie sie sich umschaut. Sie sieht sich mit ihrem ganzen Gewicht in den Augen um.

Es ist hoffnungslos, Mama, möchte ich brüllen. Hinter dem Mülltonnendeckel verleugne ich meine Existenz.

Mich gibt es nicht.

Ich bin nirgends.

Der Zimmermannshammer ist das einzige Beweisstück gegen mich. Den habe ich vergraben. Nun wetteifern die

Würmer darum, meine Fingerabdrücke zu verwischen. Óli, du lügst doch bloß. Mit salzigen Tränen hast du mich angeklagt; ja, ich frage nur, seit wann wird die Aussage eines weinenden Kindes ernstgenommen?

Ich schicke dem Gericht eine Kopie meiner Seele.

Mich gibt es nicht.

Ich bin nirgends.

Jóhann, Jóhann, ruft Mama. Los jetzt, Jóhann. Komm sofort! Das bin ich, Jóhann Pétursson, der Jóhann heißt. Mama ruft mich.

Ihre Stimme klingt in den Fenstern der Häuser wider, steigt die Treppe hinunter, auf den Müllplatz zu mir, der ich gebückt hinter dem Mülltonnendeckel sitze.

Nein, Mama, du mußt mit dir selbst ein Zwiegespräch führen.

Ich höre dich nicht.

Ich schwebe auf dem Mülltonnendeckel über dem Erdball.

Nachdem Mama eine Weile nach mir gerufen hat, bewegen sich ihre Holzpantinen die Treppe hinunter.

Jóhann!

Ich höre.

Kurz danach piekt sie mich mit dem gelben Teppichklopfer. Ich krieche unter dem Mülltonnendeckel hervor, die frisch gebohnerte Treppe hinauf, hundert Prozent lebendes Wesen.

Es gibt mich.

In das Zimmer eingesperrt.

Warten auf Papa.

Es gibt mich.

Die Luftballons auf der Untertasse

Ich höre, wie Papa das Auto vor der Garage parkt, die Tür öffnet und wieder schließt. Jetzt hält er den Schlüsselbund in der Hand. Ich höre; er steigt die frisch gebohnerte Treppe hinauf und greift nach dem silberglänzenden Türgriff.

Ich höre, wie Papa die Wohnung betritt. Er hustet in der Diele einen trockenen Camelhusten. Geht zum Fenster und schaut nach, ob das Auto auch da ist, wo er es geparkt hat.

Ja, und weil das Auto nicht weg ist, macht er durch Räuspern auf sich aufmerksam. Ich höre, wie er sich räuspert.

Hallo, hier bin ich.

Er sieht sich im Spiegel in derselben Größe, die er selbst hat. Er steht nur auf der anderen Seite von sich selbst.

Hallo, hier bin ich.

Und ich, eingeschlossen im Zimmer, höre, wie Mama auf ihren Pantinen naht, mit einem Weißt-du-was-der-Jói-gemacht-hat auf den Lippen.

Leise Unterhaltung vor der Tür.

Ich überlege, ob ich mich im Aquarium meines großen Bruders ertränken oder in eine Schreibtischschublade kriechen soll. Ich schaue hoch zum Fenster, ob vielleicht eine geheimnisvolle Zauberin aus den Kindermärchen mit mir Kontakt aufnehmen will.

Leise Unterhaltung vor der Tür.

Nein, ich verstecke mich im Kleiderschrank.

Ja ist denn das die Möglichkeit, höre ich Papa sagen.

Er lacht. Kurz danach lacht Papa.

Natürlich bedeutete es eine gewisse Erleichterung, wenn Papa es witzig fände, doch als er die Tür zum Zimmer öffnet, wo ich mich in der Bettzeugkiste des Kleiderschrankes versteckt habe, sehe ich sofort, daß er es überhaupt nicht witzig findet.

Komm mal da raus, sagt Papa. Du glaubst doch wohl nicht...

Ich krieche aus dem Bettzeugkasten hervor.

Anstatt »Zäher Bursche« zu sagen, wie Väter es immer tun, wenn ihre Söhne in Auseinandersetzungen geraten sind, sieht Papa mich scharf an und fragt barsch:

Wer hat dir erlaubt, den Zimmermannshammer zu nehmen?

Ich habe dir das oft genug verboten...

Ich finde, Papa ist selber schuld; wenn nämlich Zimmermannshämmer so lebensgefährlich sind, dann sollen sie an einem Ort aufbewahrt werden, wo kleine Kinder sie nicht erreichen können. Wer weiß, ob ich meine Hosentaschen nicht morgen mit Rasierklingen fülle. Doch ehe ich Gelegenheit habe, die Verteidigungsrede des Jóhann Pétursson in Druck zu geben, ja noch bevor ich irgendetwas sagen kann, greift Papa die Worte aus der Luft, als würde er Fliegen fangen.

Er stößt die Faust mit dem Ehering in mein Gesicht und fragt scharf: Ja, und wo hast du den Hammer eigentlich gelassen?

I-i-ich habe ihn vergraben! Im banalen Realismus der Worte stottere ich hervor: I – i – ich habe ihn vergraben.

Vergraben! Ja jetzt hört aber alles auf... Wirst du vielleicht so gut sein und ihn holen... ich will nicht durch deine Blödheit den Zimmermannshammer verlieren!

Als ich die frisch gebohnerte Treppe hinunterlaufe, sitzt niemand auf dem Heizöltank vor dem Haus. Ich grabe den Zimmermannshammer aus. Meine Fingerabdrücke pressen sich auf den Schaft. Ich halte das Beweisstück gegen mich selbst in der Hand. Laufe die frisch gebohnerte Treppe mit Vaters Zimmermannshammer in der Hand wieder hinauf.

Es kommt mir vor, als warte ein ganzes Hinrichtungskommando in der Wohnung, als ich Papa in der Tür stehen sehe. Ich reiche ihm den schmuddeligen Zimmermannshammer.

Du solltest Óli wohl um Entschuldigung bitten, sagt Papa.

Dann packt er von hinten an den Kragen meines kleinkarierten Hemdes. Ich fühle, wie ich in der Luft baumele, während er mich in die Küche bugsiert. Am Küchentisch sitzt Mama und betrachtet mich aus großen Kuhaugen.

Du hättest Óli den Schädel einschlagen können.

I – ich wollte nur ganz leicht...

Ja, das ist nicht das erste Mal, Jóhann. Gestern erst hast du die ganzen Schulbücher deines Bruders in den Müll geworfen; nur gut, daß ich gerade Schutzumschläge drumgemacht hatte, was soll das eigentlich bedeuten?

Ich weiß es nicht.

Ich schaue an mir herunter und fummele am dunkelbraunen Gürtelende, das herunterbaumelt. Wenn schon Mama meine Auflehnung gegen das Schulsystem nicht versteht, verstehe ich sie wahrscheinlich selbst nicht, denn ich war niemals in der Schule. Aber bald muß ich in die Stunden von Pfarrer Daniel.

Ich schaue an mir herunter.

Ich weiß es nicht.

Ich habe schon immer gefunden, daß Tryggvis Schulhefte bei uns viel zu viel Aufmerksamkeit erregten. Ja, es kommt einem gerade so vor, als seien lauter Seemannslieder in ihnen notiert...

So, jetzt geh und gib dem Óli das hier, sagt Papa. Er nimmt vier Gummiluftballons, die ihm irgendein Mann in der Stadt geschenkt hat von einer großen Untertasse. Ja, gib dem Óli das da. Und vergiß nicht, um Entschuldigung zu bitten.

Auf dem Weg die frisch gebohnerte Treppe hinunter, über die finsteren Kellertreppen, am Heizungskeller vorbei, dessen

Feuerschein über mein Gesicht flackert, blase ich einen Ballon auf. Es ist ein riesiges rosa Kaninchen, das die Löffel aufstellt und eine Karotte im Maul hat.

Während die Luft aus dem Ballon strömt und mir ins Gesicht bläst, habe ich solche Angst, daß ich nicht wage, mich bemerkbar zu machen. Ich wage nicht anzuklopfen. Ich verwandle mich in einen Schatten an der Wand. Ich flackere feuergelb.

Vielleicht sind sie alle tot, denn aus Ólis Wohnung ist nichts zu hören. Ich stecke meinen Kopf in den Türspalt und spähe mit einem Auge hinein.

Am Küchentisch sitzt Jóna, Ólis Mutter, und bläst Tabakqualm aus der Nase, als ob sie allein auf der Welt sei; allein mit den Chesterfieldzigaretten auf dem Küchentisch.

Als sie mich erblickt, nageln ihre Pupillen mich fest. Wie eine Harmonika, die in der freien Luft gespielt wird, schnurre ich völlig zusammen.

Jóna springt auf die Füße, bindet sich blitzschnell eine Schürze um und geht auf mich los. Sie gleicht einem Drachen, weil Tabakqualm aus ihrer Nase strömt. Jetzt ist sie nicht mehr allein auf der Welt.

Jóhann, so etwas tut man nicht.

I – ich hab Luftballons mit.

Luftballons?

Ja, ich will Óli die Luftballons schenken.

Óli liegt dösig im Bett, mit einem nassen Waschlappen auf der Stirn. Auf der Fensterbank sitzt ein Indianer mit Plastikgelenken in Yogastellung, und eine apfelsinenfarbene Fischnetzkugel liegt in der Ecke.

Als ich mit den vier Luftballons das Zimmer betrete, schaut Óli mich aus einer nebelhaften Ferne an. Da schießt es mir durch den Kopf, daß er vielleicht ein Idiot geworden sein könnte.

Sein Kopf schwankt vor und zurück, ehe er seinen Blick auf mich fixiert. Wenn Óli ein Idiot geworden ist, dann werde ich,

Jóhann Pétursson, ganz sicher in ein Besserungsheim gesteckt und muß Pfadfinderhäuptlingen die Schuhriemen schnüren, den lieben, langen Tag.

Nein, nein, lieber Óli, du weißt, das kommt schon wieder in Ordnung. Erinnere dich, Rebbi ist im letzten Jahr ein Rodelschlitten an den Kopf geknallt, und schon nach einer Woche hat er sich wieder an die Autobusse gehängt.

So einen Trost möchte ich in Ólis weißes Bettzeug fallen lassen, als ihm plötzlich klar wird, daß ich da im Zimmer stehe, ich in der dritten Person Einzahl, exakt so wie Gott mich geschaffen hat, nur eben in Kleidern.

Óli zeigt auf mich.

I – i – ich wollte E – e – entschuldigung sagen.

Óli zeigt auf mich: Du darfst übermorgen nicht zu meinem Geburtstag kommen, sagt er und greift nach dem Waschlappen auf der Stirn.

Hast du gehört! Du darfst nicht zu ...

Wie? Nein ...

Weil ich so tue, als würde ich nichts hören, wiederholt er alles dreimal. Er wiederholt es dreimal, erstens damit ich weiß, daß ich nicht zu seinem Geburtstag eingeladen bin, und außerdem, damit diese wichtige Botschaft dem Leser nicht entgeht.

Ich, Jóhann Pétursson, bin also nicht zu deinem Geburtstag eingeladen, Óli, obwohl du mich kürzlich eingeladen hast.

Ich bringe keinen Protest hervor, wie ich dastehe, mit vier Luftballons zwischen den Fingern. Ich protestiere nicht.

Mich nicht zu Ólis Geburtstag einzuladen, ist gleichbedeutend mit dem Ausschluß einer ganzen Nation aus den Vereinten Nationen.

In meinem Kopf fallen unzählige Türen zu.

Auf meinem Weg durch den feuergelben, flackernden Heizungskeller umklammert jeder einzelne meiner Nerven einen Zimmermannshammer, die dunklen Kellertreppen hinauf, die frisch gebohnerte Treppe hinauf und in mein Zimmer.

Abends komme ich mit einer falsch herum aufgesetzten Skimütze aus dem Zimmer, und ich tue so, als hätte ich Augen im Nacken. Ich wandere durch das Wohnzimmer, hin und her, hin und her, bis ein Blumengestell mit Geklirr umkippt. Mama stürzt von ihrer Nähmaschine herein, mit Stecknadeln im Mund: Reicht es nicht, daß du Óli mit dem Zimmermannshammer auf den Kopf schlägst – mußt du auch noch meine Blumen umbringen?, fragt sie und blickt mir ins Gesicht, das nicht mein Gesicht ist, sondern die Rückseite der Skimütze...

Mir so etwas zu bieten...

Ich krieche in meinen gestreiften Schlafanzug. Ich habe einen Traum: Ich hoffe nur, daß das weiche Daunenbett mich verschlingt; morgen wird in diesem Bett kein Jóhann erwachen.

Ich spüre, wie ich schniefe

Óli.

Ich dachte, ich hätte dich mit den Luftballons so reichlich für den Schlag mit dem Zimmermannshammer entschädigt, daß ich vorhatte, dich noch einmal auf den Kopf zu schlagen, weil du mich nicht zum Geburtstag einladen willst.

Ich fand das ungerechter als alle Kriege aus den Zeitungen zusammen, denn ich bekam keinen Luftballon von der Untertasse, sondern mir wurde gesagt, ich sollte mich schämen.

Ich und mich schämen!

Nein. Natürlich konnte ich mich nicht schämen, denn du, Óli, mit der Beule auf dem Kopf und dem feuchten Waschlappen auf der Stirn, solltest dich schämen, weil du mich nicht zu deinem Geburtstag eingeladen hast.

Ja, du, und nicht ich!

Ich hatte hinter dem Mülltonnendeckel meine Existenz verleugnet und wurde durch einen gelben Teppichklopfer wieder ins Leben zurückgeholt. Ja, und mein Weg durch den Heizungskeller ist bestimmt vergleichbar mit der längsten Wanderung durch das Fegefeuer. Und das, ohne daß ich Vergebung für meine Sünden bekommen habe.

Stell dir das vor, Óli!

Als du letztes Jahr Geburtstag hattest, schenkte ich dir einen Affen in karierten Hosen, der auf einer Gitarre spielte, und das Jahr davor ein Kranauto mit Kurbel. Doch diesmal hatte ich mir vorgenommen, dir einen Jaguar zu schenken, einen kleinen weißen Matchboxjaguar. Die beliebten Matchboxautos, wie der Sprecher im Radio sagt.

Und was tust du, Óli, jetzt wo ich das beschlossen habe?

Weigerst dich, mich zum Geburtstag einzuladen, widerrufst die offizielle Einladung zu deinem Geburtstag. Eigentlich ist das ungesetzlich. Ich sollte mich eigentlich mit dem Kinderschutzbund in Verbindung setzen. Ja, oder einen Rechtsanwalt einschalten. Ich behaupte nämlich, daß du, als du mit dem feuchten Waschlappen auf der Stirn im Bett gelegen hast, gar nicht zurechnungsfähig warst. Der Zimmermannshammer hat deine fünf Sinne so durcheinandergebracht, daß du keinen klaren Gedanken mehr fassen kannst, oder vielleicht denkt die Beule anstelle deines Kopfes.

Aus diesem und vielen anderen Gründen weiß ich natürlich, daß es das allerbeste wäre, wenn ich, Jóhann Pétursson, laut die Treppe hinunterstampfte und mit erhobenen Fäusten brüllte:

Óli ist ein verdammter Scheißkerl!

Ich will überhaupt nicht auf seinen Geburtstag gehen.

Aber es ist kein bißchen spaßig, daß ich hier auf dem Bett meines Bruders Tryggvi sitze und seine Guppys betrachte, die im Aquarium umherschwimmen, denn ich möchte genauso gerne zu deinem Geburtstag gehen, Óli, wie die Guppys Fischfutter haben wollen.

Du wirst mich daher verstehen, lieber Leser, wenn ich Spekulationen darüber anstelle, wie ich mich am Geburtstagskind rächen könnte.

Óli.

Ich könnte die Treppe hinunter und durch den Heizungskeller schleichen und deine Schuhe mit Matsch füllen.

Ich könnte eine Gummimaus an einem Faden gegen dein Fenster werfen, daß du schreist, und ich würde sie verschwinden lassen, sobald jemand käme.

Und ohne gesehen zu werden, könnte ich sogar einen Zigarettenstummel in deiner Anoraktasche verschwinden lassen.

Und Óli, ich kenne den Mann, der das Müllauto in unserer Straße fährt. Er würde dich zum Müllplatz fahren und mit den Essensresten der Stadtbewohner auskippen, wenn ich es ihm nur sagte.

Hahaha, ich lache vor mich hin.

Das alles und noch viel mehr kann ich tun, denn nach den Konventionen muß ich jetzt betroffen und außerstande sein, etwas zu unternehmen. Niemand würde mir etwas zutrauen, solange alle davon ausgehen, daß ich auf den Knien liege und Gott bitte, mir den Schlag auf deinen Kopf zu verzeihen. Du weißt, Gott vergibt alles.

Auch wenn die Gebete nur so dahingesagt sind und niemand weiß, ob Gott isländisch versteht; er verzeiht trotzdem alles.

Wie ich so dasitze und über all das nachdenke, kommt mir Ólis Geburtstag vom letzten Jahr in den Sinn. Ja, mein Kopf ist eine Schnellstraße, auf der die Zeit rückwärts läuft.

Popkorn bedeckt den Boden, und der starke Onkel von der Polizei hebt uns hoch, fünf auf einmal.

Ich verstecke mich im Kleiderschrank. Eine Viertelstunde sitze ich in der Popelinemantelfinsternis zwischen allen möglichen Schuhen.

Das macht Spaß.

Durch ein grünes Röhrchen sauge ich Coca-Cola.

Ich habe den Schimmer von roten Würstchen in den Augen.

Der starke Onkel von der Polizei schaut nach, ob wir Weißbrot oder Schwarzbrot sind.

Weiße Nyltesthemden mit Kinderköpfen schweben überall herum.

Ich spüre, wie mein Gesicht zu lachen beginnt. Doch während ich noch spüre, wie es zu lachen beginnt, höre ich zu lachen auf. Wenn man es recht betrachtet, ist es nämlich keineswegs lustig, daß übermorgen ein Geburtstag stattfindet, zu dem ich nicht eingeladen bin.

Also paß auf. Es ist eine Tatsache, daß deine Geburtstage,

Óli, die lustigsten in der Straße sind, und nicht eingeladen zu sein zum lustigsten Geburtstag in der ganzen Straße bedeutet das gleiche wie der langweiligste Junge in der ganzen Straße zu sein. Genauso sicher, wie zwei mal zwei vier ist und der Präsident so heißt, wie er eben heißt.

Ich sitze also in der Klemme.

Man hat mir keinen Krieg erklärt, mich aber auch nicht zu Friedensverhandlungen eingeladen.

Ich bin ganz einfach nicht zum Geburtstag eingeladen.

Ich sitze also in der Klemme.

Ich kann es auch nicht so machen, wie wir es bei Gylfi gemacht haben, das war ein organisierter Totalboykott. Nein, das kann ich nicht. Ich kann die Jungs nicht dazu bewegen, Ólis Geburtstagsfeier zu boykottieren. So etwas müßte untereinander abgesprochen werden. Und ebenso unrealistisch ist es, sich vorzustellen, eine Barrikade vor der Kellertür zu errichten, damit keiner hinein kann. Dann könnte ich die Passanten gleich in die Kanalisation leiten. Nein, deine Geburtstagsfeier wird nicht abgeblasen, Óli, denn du hast nun mal Geburtstag. Andererseits ist nicht von der Hand zu weisen, daß wir Jungs es stark fanden – auch du, Óli – nicht bei Gylfis Geburtstag um drei Uhr einzutreffen. Ja, wir fanden es stark, in den Sonntagsanzügen in die Stadt zu spazieren, und wir sahen Gylfi vor uns, kleinlaut zwischen seinen vierzehn uralten Tanten hockend. Das fanden wir stark.

Ich muß gestehen, während ich hier auf dem Bett sitze und mir die Sache überlege, daß ich in unserer Straße keine solche Massengefolgschaft habe, um eine ganze Bande von Jungs zu veranlassen, im Protestzug an Ólis Kellertreppe vorbeizumarschieren, wegen dieser Beleidigung, mich nicht zum Geburtstag einzuladen. Selbst wenn ich meine Seele in ein Flugblatt verwandelte und meine Propaganda in jedes Haus trüge, käme dabei nichts heraus, denn niemand möchte um irgendeinen Preis Ólis Geburtstagsfeier verpassen. Dorthin schleichen die Jungs, selbst wenn sie vierzig Grad Fieber und Scharlach haben.

Óli, noch einige Tage danach bist du der Held der Straße.

Ich spüre, wie mir die Haarspitzen erstarren.

Ich balle die Faust und schlage gegen die Wand.

Bestenfalls könnte ich Gunni, den sommersprossigen Seemannssohn von Nummer 13, und Júlli, der Fuchs-Riesenohr genannt wird und von dem es heißt, daß er mit dem Elefant Jumbo eng verwandt ist, dazu überreden, zwischen den welken Blättern im Park mit mir Kingsize Filterzigaretten zu rauchen.

Aber glaubst du, lieber Leser, daß es Spaß macht, im Park Kingsize Filterzigaretten (oder halt Lark) zu rauchen, deprimiert wie Herbstlaub in der isländischen Dichtkunst, im Park mit blaukalten Händen in den Anoraktaschen, auf einer hellgrauen Bank mit Rebbi und Gunni, während die Kerzen auf den Torten in meinem Kopf leuchten und die lachenden Gesichter der Jungs wie in einem Alptraum bei jedem Zug husten würden; alles nur deswegen, weil ich dich mit dem Zimmermannshammer auf den Kopf geschlagen habe, Óli.

Ich stelle mir deinen Geburtstag in Gedanken vor.

Mein Platz ist leer.

Niemand, der fragt: Wo ist denn Jóhann?

Ich spüre, wie ich schniefe.

Dein Onkel von der Polizei

Óli.

Wenn du keinen Onkel bei der Polizei hättest, könntest du ein Scheißkerl und ein Miststück sein. Ja, dann dürfte man dir alle Schimpfworte der Welt an den Kopf werfen. Aber weil du einen Onkel bei der Polizei hast, wird dir alles verziehen.

Ganz richtig.

Alle haben einen Onkel bei der Polizei. Ja, jedenfalls wenn ihre Familie alt genug ist. Und ganz richtig, nicht allen wird alles verziehen.

Nicht alle haben nämlich einen Onkel wie du, der nicht nur bei der Polizei ist, sondern auch noch immer zu deinem Geburtstag auftaucht.

Und nicht nur das:

Dein Onkel bei der Polizei ist nicht nur dein Onkel bei der Polizei. Er ist außerdem Ehrenmitlied im Fußballverein Viking und Zeitrichter bei jedem Schwimmtraining des Schwimmvereins Neptun. Ja, und jeden zweiten Tag kann man ihn auf den Sportseiten des Morgenblattes beim Diskuswurf bewundern.

Er beugt sich in seiner Trainingsjacke nieder und bläst die Backen auf, oder er steht auf dem Siegerpodest mit einem Lächeln, das sich dreimal um die ganze Erdkugel zieht; auf den hellgrauen Bildern der Sportseiten, die du, Óli, ausschneidest und gewissenhaft in ein Schreibheft einklebst.

Óli, vielleicht wird dir nicht alles verziehen, nein, nein, natürlich nicht, aber doch das meiste, wenn dein Geburtstag sich nähert – denn dann kommst du mit deinem Schreibheft voller Pressefotos und zeigst allen deinen Onkel, der dich im Geiste auf das Siegerpodest hochhebt; ja, du zeigst der ganzen Straße deinen Onkel von der Polizei. Als Reaktion darauf habe ich, Jóhann Pétursson, zielstrebig eine Fotosammlung von Sonny Liston in Boxhandschuhen angelegt. Aber mir ist auch klar, daß Sonny nie zu meinem Geburtstag erscheinen würde, so wie der Onkel von der Polizei auf Ólis Geburtstag erscheint, auch wenn ich mein ganzes Zimmer mit seinen Bildern tapeziere.

Ja, dein Onkel von der Polizei kommt immer um vier Uhr, wenn er seinen Dienst beendet hat – oder er nimmt sich direkt frei, um pünktlich mit einem Geschenk in deinem Herzen einzutreffen.

Óli.

Manchmal nimmt dich dein Onkel zu Sportvorführungen der Polizei mit. Dort bei den Sportvorführungen hast du Ringkämpfe und Tauziehen gesehen, ja, und nicht zu vergessen ein Lebertranwettrinken und einen Mannschaftswettkampf im Mensch-ärgere-dich-nicht.

Und dein Onkel erlaubt dir nicht nur, bei den Sportvorführungen zuzuschauen.

Zu Hause hat er Hanteln und Trainingsgeräte, und irgendwann einmal will er einen kompletten Turnsaal bauen, wo du dich an den Ringen hin- und herschwingen kannst.

Dein Onkel bei der Polizei kann alles.

Er kann mit Steinen Feuer machen und unlösbare Knoten knüpfen.

Im Winter läuft er manchmal drei Runden um die Stadt und badet sich im Schnee.

Auf den Maskenbällen der Polizei beherrscht er die alten Tänze wie kein anderer.

Dein Onkel von der Polizei ist außerdem Hobbymaler.

Er hat unzählige Dorfansichten an allen Wänden der Stadt gemalt, denn er kennt Land und Leute aus der Zeit als er als fliegender Händler Haarcreme verkaufte, bevor er zur Polizei ging.

Unten auf der Polizeiwache wird er manchmal 007 genannt, weil sein Dienstzimmer die Nummer sieben trägt.

Óli.

Als du mir sagtest, daß dein Onkel den Diskus von der Mitte des Fußballplatzes im Laugardalur bis ins flache Becken des alten Schwimmbades werfen könnte, war ich völlig baff: ich quengelte und lag Papa eine ganze Woche lang in den Ohren, er sollte endlich Diskuswurf trainieren, und wenn er schon nicht bei der Polizei anfangen wolle, sollte er doch wenigstens Busfahrer werden und mir erlauben, vorne zu sitzen.

Mach das, Papa!

Doch Óli, ich habe dich auch ein bißchen in die Bredouille gebracht, als ich danach fragte, wie dein Onkel mit dir verwandt sei. Das konntest du nicht beantworten. Dein Onkel von der Polizei ist nämlich mit deiner Tante mütterlicherseits verheiratet, und deshalb ist er der Schwager deiner Mutter. Also, überhaupt nicht dein Onkel, sondern durch deine Tante angeheiratet.

Da könnt ihr sehen, daß ich in Stammbaumforschung bewandert bin, doch als ich dir das sagte, hast du mich mit deinen Fingernägeln attackiert; die sind so lang, daß man glauben könnte, du wolltest eine Schauspielerin mit lackierten Nägeln werden, ja, du hast mich attackiert und lange Striemen auf meine Backen gekratzt, hast versucht, mir den Mundwinkel einzureißen und grimmig gesagt, daß er wohl dein Onkel sei, er sei trotz allem dein Onkel.

Nein, stöhnte ich, er ist nicht mit dir verwandt.

Da hast du dich auf mich gewuchtet, hast meine Ellbogen unter deine Kniekehlen gezwängt, hast dich über mich gebeugt und Spucke gesammelt, einen schleimigen, grünen Qualster, mit wenig Speichel verdünnt.

Ich sah nach oben in dein Gesicht, der Qualster ging vor und zurück, und deine Augen waren voll wildem Haß.

Ist er mein Onkel oder nicht?

Doch, doch, er ist dein Onkel, stöhnte ich.

Von da an war er dein Onkel ja, er war dein Onkel bei der Polizei.

Ich habe mich damit abgefunden, daß es einfach Neid war, denn es war nichts als Neid; ich, Jóhann Pétursson, wollte auch einen Onkel bei der Polizei haben.

Óli.

Nachts träumst du von deinem Onkel. Er entsteigt dem Meer und schwingt ganze Inseln über seinem Kopf und der Stadt herum. Ist er durstig, leert er das Meer mit einem großen Schluck und wirft die Häuser mit den Fingerspitzen um. Und damit nicht genug: Zwischen Traum und Wirklichkeit liegen von deinem Bett aus nur zwei Schritte, denn wenn du morgens draußen einen Vogel siehst, kannst du nie ausschließen, daß es vielleicht ein Diskus ist, den dein Onkel in die Luft geworfen hat,

Ja, wenn Jesus so viele Leute mit fünf Fischen sättigen konnte, dann kann dein Onkel sie sicherlich mit einem Schlag ohnmächtig hauen, denn die Welt hat sich gewandelt. Er kann alles. Hat jemand einen starken Vater, dann ist dein Onkel immer noch zwanzig Mal stärker. Er hat Schwergewichte in seinen Muskeln und verfügt über die Schlüsselgewalt zu allen Handschellen dieser Welt.

Wie auch immer, Ólis Onkel, der bei der Polizei ist und einen Rekord im Diskuswurf hält, kommt stets zu seinem Geburtstag. Falls er nicht sogar bei der Geburt anwesend war und den Polizeichor zu deiner Ankunft singen ließ. Er ist ein Spiegel, mit dem du durch die Jahre gehst. Denn später, wenn du groß bist, Óli, willst du auch zur Polizei und Rekordhalter im Diskuswurf werden. Ja, und irgendwo in der Stadt wird es einen kleinen Neffen geben, den du immer zum Geburtstag besuchst.

Óli, wenn die Umrisse deines Onkels vor den matten Scheiben der Kellertür erscheinen, drängen alle Jungs zur Tür. Du öffnest, Óli, und pssst, da kommt er mit einem Päckchen unter dem Arm herein.

Im Laufe der Jahre hat er dir unter anderem ein Tischfußballspiel und ein rotes Polizeiauto mit Polizisten in amerikanischen Uniformen geschenkt. Ja, er fängt früh an, dich auf das Arbeitsleben vorzubereiten. Später sitzt du hoffentlich selber in einem Polizeiauto und kutschierst durch die Stadt.

Wegen dieses Onkels von der Polizei, der wiehernd lacht, wenn er durch die Haustür kommt und sich wie ein Troll schüttelt, sind die Geburtstagsfeiern von Óli die populärsten Geburtstagsfeiern in unserer Straße, denn wer wollte nicht die Sportseite des Morgenblattes persönlich kennenlernen?

Ich, Jóhann Pétursson, will es jedenfalls.

Jede Geburtstagsfeier erreicht ihren üblichen Höhepunkt, wenn dein Onkel sich vom Tisch erhebt und sich mit dem Kuchenteller in das weiche Sofa wirft, und wir Jungs, Stoppelkopf und Nyltesthemden, stellen uns an (du, Óli, als erster), und einer nach dem anderen dürfen wir seine Muskeln befühlen.

Ihr könnt euch deshalb sicher vorstellen …

Blockflöte und Anorak

... daß auf irgendeine Weise meine, Jóhann Péturssons Anwesenheit auf Ólis Geburtstag bekanntgegeben werden muß.

Ja, morgen bin ich entweder unter den Geburtstagsgästen, oder sie sind bei mir. Ich werde die wandelnde Sportseite des Morgenblattes in eigener Person betrachten. Ich werde Zeuge sein, wie der Diskuswerfer durch die Tür kommt. Ja, und eigentlich finde ich, es sollte polizeilich verordnet sein, daß ich einmal im Jahr die Muskeln deines Onkels prüfen darf.

Ich betrachte die Guppys im Aquarium. Sie sind auf meiner Seite. Irgendwann einmal werde ich ihr Hoheitsgebiet ausdehnen und ihnen ein größeres Aquarium kaufen. Nicht wahr, Guppys, ihr wißt Bescheid über die Quellen des Reichtums im Meer? Ich schalte das Licht im Plastikglobus an, den mein Bruder auf dem Schreibtisch hat. Ich strecke mich nach der Blockflöte, die Tante Sigga mir letzte Weihnachten geschenkt hat.

Ich heiße Jóhann.

Ich habe das alles durchdacht.

Ich setze die Blockflöte an die Lippen und blase zwei falsche Töne. Oh weh, Blockflöte, du hörst nie auf das, was ich sage. Alles, was du willst, ist »Oh du lieber Augustin« oder so etwas. Wozu soll ich Luft holen, wenn ich nur solche Kinderlieder zu hören bekomme.

Alle Töne sind falsch.

Nein, sich mit einer Blockflöte ins Zimmer einzuschließen,

ist eine ausgesprochene Isolationspolitik. Ein alter Trick aus den Prinzenstories. Ja, in völligem Gegensatz zu meiner Strategie. Mit irgendwelchen grotesken Flötentönen lockten Prinzen Hunde und Frauen an. Ich schmuggele lieber Knallfrösche in Taschen.

Ich scheiße auf die Blockflöte.

Ich will weder Hunde noch Frauen.

Ich will zu Ólis Geburtstag gehen.

Wenn ich plante, Musik zur Unterstreichung meiner Forderungen einzusetzen, nämlich Schluß und Feierabend mit Ólis Geburtstag, würde ich lieber Omar Ragnarsson auf einem alten Grammophon abspielen als ein komplettes Blockflötenorchester hinter mir zu versammeln.

Ich begutachte die Flöte; möglicherweise strichen die Töne in den Holzhäusern des Mittelalters an den Wänden entlang. Aber hier, wo ich wohne, im vierstöckigen, marmorverkleideten Steinhaus und zwei Etagen höher als du, Óli, hört man mich kaum durch die Fenster.

Ja, Óli, während du mit dem Waschlappen auf der Stirn im Bett liegst, spiele ich auf der Blockflöte. Obwohl alle Fenster offenstehen, hörst du mich nicht, denn die Töne der Blockflöte sind nicht so mächtig wie das Klappern der Holzpantinen von Ranka über dir und unter mir; ein Klappern, von dem wir morgens immer aufwachen. Ja, und selbst wenn die Vögel die falschen Flötentöne zu dir hinunter in den Keller bringen würden, würdest du dir bloß die Ohren zuhalten, so daß die Botschaft der Musik völlig an dir vorbeiginge. Deshalb sage ich einmal, ich sage es zweimal: Im ersten Stock ist der Flötenspieler immer allein.

Die Wände schließen den Zauber ein.

Deshalb sage ich, Jóhann Pétursson, zu euch Kindern: Falls ihr auf dem Weg in die Musikalienhandlung von Sigridur Helgadóttir seid, legt euer Geld besser in einem Eisbecher an oder fahrt mit dem Bus eine Runde durch die Stadt!

Ja, wenn ich wie die Prinzen früher Kontakt mit der kraushaarigen Prinzessin aufnehmen wollte, würde ich dazu nicht zur Flöte greifen: Ich würde ihr Grüße über die Wunschsendung für junge Leute im Radio zukommen lassen, feurig brennende Liebesgrüße oder so. Heutzutage ist es nämlich in, seine Gedanken senden zu lassen. Daß einige dazu noch die Blockflöte an ihre Lippen setzen, zeigt nur, wie weit sie hinter ihrer Zeit zurückgeblieben sind.

Ich will keine Prinzessin.

Ich heiße Jóhann und ich möchte zu Ólis Geburtstag gehen, nicht schwebend mittels der Blockflöte, sondern die Kellertreppe hinuntersteigend mit einem Matchboxauto in der Hand.

Ich habe alles genauestens durchdacht.

Nummer eins, zwei und fünf: Die Blockflöte durchbricht nicht die Isolation eines Jungen, der nicht zum Geburtstag eingeladen ist.

Ich scheiße auf die Blockflöte.

Blockflöte, ich zerbreche dich. Du bist nur Öl auf die Wogen des Leidens. Knack. Ja, zerbrochen auf dem Boden tröstest du niemand mehr, und kein Wind haucht dir Töne ein, wenn ich dich in den Abfallkorb geworfen habe.

Hahaha, ich hoffe nur, daß Mama nichts merkt...

Verzeih, Sigga, ich werde niemals ein Flötengenie.

Ich weiß, was ich tue.

Morgen, an deinem Geburtstag, Óli, drücke ich auf die Klingel an der Kellertreppe – bimbam – und ich tue, als wäre nichts gewesen. Zu deinem Geburtstag, zu dem ich nicht eingeladen bin, lade ich mich selber ein. Óli, ich vernichte deine Botschaft in dieser Geschichte.

Ich weiß, was ich tue.

Wenn Óli mich hinauswirft, werde ich nicht weinen. In diesen Jahren muß man nämlich sparsam mit Tränen umgehen, damit sie ernstgenommen werden. Möglichst nicht weinen, höchstens einmal im Monat.

Nein, ich will nicht den Aufrührer spielen. Wie die Yogis

im Himalaya werde ich mein Ziel auf friedlichem Wege erreichen.

Auf die gleiche Weise wie Gandhi werde ich der Welt meinen Schmerz zeigen, ohne daß auch nur eine einzige Scheibe zu Bruch gehen muß. Und nirgends auf der Welt wird es zu Unruhen kommen.

Wenn ich beispielsweise die ganze Geburtstagsgesellschaft mit Welthölzchen verbrennen würde, hätte ich am nächsten Tag keine Freunde mehr. Und später würde ich, eingedenk solcher Brandstiftung, nicht in die Feuerwehr aufgenommen, was sehr schlecht für mich wäre, wenn ich nirgends als Friseur unterkäme.

Óli, wenn du mich abweist, werde ich mich auch nicht in die Abschmiergrube von Papas Garage legen. Das tue ich bloß, wenn ich ungestört Selbstgespräche führen will. Wenn ich in den Gedanken blättern möchte wie in Philosophiezeitschriften. Es käme einer völligen Kapitulation gleich, sich allein im Dunkeln in die Abschmiergrube zu legen, in das schweigende Dunkel mit den Millionen Stimmen. Obwohl es lustig sein kann, sich mit der Dunkelheit zu unterhalten, bringt es genausowenig wie Flötenspiel, wenn eine ganze Geburtstagsparty auf dem Spiel steht...

Oh nein, jetzt paßt auf; eigentlich will ich sogar provozieren, daß Óli mich rauswirft. Ich weiß, ihr glaubt mir nicht. Aber trotzdem hoffe ich, daß Óli mit der Beule auf dem Kopf mich hinauswirft.

Wenn Óli mich hinauswerfen würde, käme es einer Einladung zu seinem Geburtstag gleich. Dann würde ich, Jóhann Pétursson, nämlich die frisch gebohnerte Treppe hinaufsteigen, und diesmal nicht, um Vaters Zimmermannshammer zu holen, nein, sondern ich würde meinen Kapuzenanorak anziehen.

Der Anorak.

Im Anorak steckt nämlich meine Strategie. Hätten die Prinzen des Mittelalters bereits Anoraks gekannt, wäre ihnen nie in den Sinn gekommen, Blockflöten zu benutzen. Ja, während die Blockflöte einen jungen Flötisten mit der Einsamkeit in seinem Zimmer versöhnt, unterstreicht der Anorak sie auf eine tragische Weise. Bis zum Hals zugezogen unterstreicht er sie. Jedesmal, wenn ich mit dem Anorak vor die Tür gehe, ist es eine Protestdemonstration. Ich stelle unsichtbare Forderungen auf. Und der Höhepunkt aller Ungerechtigkeit dieser Welt ist, daß du, Óli, deine Einladung zum Geburtstag zurückgezogen hast. Ergo: Deshalb protestiere ich im Anorak.

Ja, und jetzt paßt auf: Wenn Óli mich hinauswirft, gehe ich hoch und hole meinen Anorak. Danach werde ich mit dem Anorak hinter das Haus gehen und mich vor das Wohnzimmerfenster von Óli stellen, um zu demonstrieren, daß ich ausgesperrt worden bin. Ich hoffe nur, daß es regnen wird, denn kaum etwas gibt der unsichtbaren Forderung des Anoraks mehr Schlagkraft als große und dicke Regentropfen.

Ich sehe das alles vor mir.

Wie ich also im Anorak, zugezogen bis zum Hals und unter dem Kinn gebunden, hinter das Haus gehe, wie ich im Regen hinter das Haus gehe, allein vor dem Wohnzimmerfenster stehe und darauf warte, daß Jóna, Ólis Mutter, mich sieht.

Wenn sie mich sieht, wenn deine Mutter mich sieht, Óli, geht sie an das Fenster und sagt zu mir:

Mein lieber Jóhann, was machst du da draußen so allein, warum kommst du nicht herein?

Ich sehe, wie die Guppys im Aquarium über meinen Plan lächeln. Sie schwimmen mit ihren Fischmündern an das Glas heran und erinnern mich an die Ausdehnung ihres Hoheitsgebietes.

Ich sehe das alles vor mir.

Ich schiebe die Unterlippe vor. Eine Träne fließt, falsch wie ein Regentropfen, über meine Wange. Ich bedauere mich ebenso wie deine Mutter. Durch die Nase schniefend, gehe ich um das Haus herum. Die Kellertreppe hinunter. Im Flur ziehe ich den Anorak aus. Ich lege das Protestschild des Geistes ab. Untendrunter trage ich Sonntagskleider.

Es ist, als hätte ich, Jóhann Pétursson, selber morgen Geburtstag, während ich so auf dem Bett sitze und die Blockflötenbruchstücke betrachte, die aus dem Abfallkorb hervorschauen und die Guppys durch meine Gedanken schwimmen.

Der Spielzeughändler im Schaukelstuhl

Genauso vollkommen harmonisch wie eine Geige, auf der nie gespielt wurde, gehe ich, ganz siegessichere kleine Regierungspartei, in die Küche, bereit, in meinem Anorak gegen die ganze Ungerechtigkeit dieser Welt zu protestieren, und bitte Mama um Geld, um Óli ein Matchboxauto als Geburtstagsgeschenk zu kaufen.

Mama ist lieb.

Mama ist nett.

Ja, selbstverständlich sollst du etwas Schönes für Óli kaufen, sagt sie, und streckt sich nach dem Marmeladenglas auf dem Küchenregal. In diesem Marmeladenglas stecken einige zerknitterte Geldscheine. Mama nimmt einen 25-Kronen-Schein mit dem Portrait von Magnús Stephensen heraus, beugt sich zu mir herunter und küßt mich. Kein Zweifel, Mama hat alle Zimmermannshämmer in die Vergessenheit befördert.

Mama: Ja, kauf auf jeden Fall etwas Schönes für Óli, und wenn Geld übrigbleibt, kannst du es behalten. Du hast dich heute so brav in deinem Zimmer beschäftigt.

Ja, Mama ist lieb, Mama ist nett. Ich darf den Rest behalten, was mich natürlich sofort auf den Gedanken bringt, ob es nicht möglich wäre, etwas Preiswerteres als ein Matchboxauto für dich zu finden, Óli, denn in Karamellen und Lakritzrollen gemessen, fällt der Rest ins Gewicht. Daran könnt ihr erkennen, daß ich, Jóhann Pétursson, ein ökonomisch denkender junger Mann bin.

Ich gehe mit dem 25-Kronen-Schein in der Tasche die Straße entlang, grinsend und kurzgeschoren im hellen Licht. Der Geldschein knittert in meiner Hand. Ich spüre, wie sich Geldgeruch in meine Handfläche schmiegt.

Die Straße ist löchrig.

Die Helligkeit ist grau.

Ein paar Lichtstrahlen fallen durch die Wolken direkt auf mein Gesicht, Wolken wie unzählige Männer in Mänteln auf dem schnellsten Weg zur Arbeit.

Ich gehe die Straße entlang. Ehe ich noch den halben Weg zum Geschäft zurückgelegt habe, verwandelt sich mein Kopf vor lauter Erwartung in einen ganzen Spielzeugladen; ich spüre sogar Spielzeuge in meinem Bauch herumzappeln. Traktoren rasen aus den Kisten, und ganze Stapel von Kinderbüchern mit Umschlagzeichnungen von sommersprossigen Sonnenscheinmädchen schichten sich in meinem Kopf auf. Vielleicht sollte ich den Rest ausgeben, bevor ich etwas für Óli kaufe.

Zum Glück treffe ich unterwegs niemanden. Es ist nämlich so schön, mit dem Geld in der Tasche allein zu sein.

Als ich den Spielzeugladen betrete, sehe ich, daß der Spielzeughändler, ein alter Mann in einer grauen Strickweste, im Schaukelstuhl schläft, wo er gewöhnlich tagsüber sitzt, wenn es wenig zu tun gibt.

In seinem Schoß liegt eine umgedrehte dänische Frauenzeitschrift. Im Spielzeugladen ist es warm und schwül, weil der Ventilator nicht in Betrieb ist. Im Verhältnis zur Stille, die herrscht, klingen die Atemzüge des Spielzeughändlers laut. Schlafend gleicht er ein wenig einem Mann, der dazu verurteilt ist, sein Leben lang immer wieder den gleichen Luftballon aufzublasen.

Ich schaue mich um.

Wenn der Spielzeughändler schnarcht, knarrt es in seinem Schaukelstuhl. Vielleicht sollte ich alle Metronome aus dem Regal nehmen und in Gang setzen, ticktack, ticktack. Ja, und vielleicht sollte ich die Uhren aufziehen, die Weihnachtslieder spielen – die Uhren da in der Ecke, und ich könnte den Verkäufern im Metzgerladen sagen, daß der Spielzeughändler verrückt geworden ist. Ja, stellt euch vor, wäre das nicht spaßig, wenn die Aufseher aus dem gelben Irrenhaus mit der Zwangsjacke kämen, dicht gefolgt von dürren Krankenschwestern?

Ja, denkt euch bloß: der Spielzeughändler mit der grauen Strickweste würde sich vielleicht einbilden, daß die weißgekleideten Verkäufer weißgekleidete Engel wären, und folglich würde er glauben,daß er über der dänischen Frauenzeitschrift eingeschlafen ist, um in einer anderen Welt wieder zu erwachen, ja, oben im Himmel, wo alles so weiß gekleidet und sauber ist.

Hahaha – nein.

Was ist besser, wenn ich Óli ein Matchboxauto zum Geburtstag schenken will: daß der Spielzeughändler schläft, oder daß er wach ist?

In der Leere hier drinnen scheint es, als fülle sich der Laden mit Leuten. Aber hier ist niemand.

Keine Menschenseele.

Draußen sagt eine Frau in einem Popelinemantel, daß Graubrot am gesündesten sei.

Ich schaue mich noch einmal um. Nichts. Nicht einmal eine Aufziehmaus. Nicht einmal ein hüpfender Gummifrosch. In Gedanken ordne ich mich selbst in die Regale ein, für den Fall, daß mich jemand kaufen will.

Der Spielzeughändler niest im Schlaf

Ah, jetzt weiß ich es: Dort unter dem Ladentisch liegt eine Trittleiter, eine kleine Trittleiter, die der Spielzeughändler braucht, um herunter zu holen, was weit oben steht.

Dann dreht er der Welt den Rücken zu, und es schimmert in den Nylon-Flicken auf den Ellbogen der grauen Strickweste, während er sich zum Beispiel nach den glatzköpfigen Puppen dort oben streckt.

Die Trittleiter.

Ich nehme die kleine Trittleiter und stelle sie vor das Autoregal. Ich will mir den kleinen weißen Jaguar in der Matchboxschachtel holen.

Vielleicht sollte ich alle Matchboxschachteln leermachen, dann könnte der Spielzeughändler dazu übergehen, Leere in Schachteln zu verkaufen. Ich könnte...

Während sich die linke Hand in Richtung Matchboxautos ausstreckt, rollen meine Augäpfel nach rechts. Völlig unabsichtlich. Sie rollen nach rechts. Dort oben im Regal entdecke ich das rote Feuerwehrauto, das ich unbedingt schon haben wollte, als ich noch gar nicht geboren war.

Das rote Feuerwehrauto oben im Regal hat einen Schlauch, aus dem Wasser spritzt, wenn man auf einen Gumminippel hinter der Kurbel drückt, mit der man den Schlauch einrollen kann. Wenn man es auf dem Boden entlangschiebt, heult die Sirene.

Garđar hat so ein rotes Feuerwehrauto.

Ich möchte so ein Feuerwehrauto haben.

Du kannst nicht alles verlangen, was Garđar hat, höre ich Papa in meiner Erinnerung sagen.

Und allmächtiger Gott!

Dort neben dem Feuerwehrauto steht Mickey Mouse auf einem Roller, mit einem Schlüssel am Bauch, und neben Mickey stehen die drei kleinen Entchen als Trio mit Kontrabaß, Trommel und Klavier. Und Spielzeug ohne Ende.

Meine Augen fahren wie ein Jojo rein und raus aus meinem Kopf.

Und dort hinter meinem Rücken schläft der alte Spielzeughändler im Schaukelstuhl, schläft, als hätte er damit gerechnet, daß ich auftauche, während er sich in die dänische Frauenzeitschrift hineinträumte.

Wenn er aufwacht.

Wenn er aufwacht.

Mein Herz hüpft wie einer in Spiralschuhen.

Ich kann es hören.

Es hüpft.

Unsicher auf der Trittleiter und mit zitternden Knien strecke ich mich mit der linken Hand zum Matchboxauto. Ich strecke mich.

Das Matchboxauto gleitet wie eine Ratte schräg in meine Hosentasche. Den Rest darf ich behalten. Ich verschiebe die Leiter ein wenig und recke mich mit der rechten Hand nach dem Feuerwehrauto.

Oh, das tut gut... gut... nein. Mickey will unbedingt auf seinem Roller mit mir kommen, und die drei kleinen Entchen folgen ihm wie in Trance. Ich lege das Spielzeug auf den Ladentisch.

Ich spüre... jetzt tickt mein Herz wie eine Zeitbombe.

Wenn jetzt jemand hereinkommt, explodiere ich.

Der Schlachtereiverband kann dann die Fleischfetzen abholen.

Aber niemand kommt. Gestern war der Tag, an dem die Hausfrauen ihre Frauenzeitschriften abholen. Da war der Laden bis auf den Vorplatz hinaus voll, und der Spielzeughändler schuftete den ganzen Tag in seiner grauen Strickweste, daß ihm der Schweiß auf die glühende Stirn trat. Ja, ohne die Frauenzeitschriften würden die Buchläden wahrscheinlich verschwinden. Aber niemand kommt. Im Ausland wird immer noch an der Entwicklung einer Diebstahlsicherung gearbeitet, die nur im Kopf klassenbewußter Kaufleute klingelt. Der Spielzeughändler im Schaukelstuhl wird mit Sicherheit aus dem Kaufmannsverband ausgeschlossen, denn er hat kein Gefühl für seine Waren. Er schläft, während ich sein Spielzeug wegnehme. Vielleicht sollte ich einen Lastwagen bestellen und am anderen Ende des Viertels ein Spielzeuggeschäft eröffnen. Wenn die Kasse nicht so schwer wäre und ich nicht so klein, würde ich eine Süßigkeitenparty für alle in der Straße geben, ja, eine echte, super Schokoladenparty.

Das wäre was...

Ich stehe am Ladentisch. Wie ein Spielzeug zwischen Spielzeug. Ich spüre, daß Mickey mich in der Hosentasche piekt, wenn ich seine schwarzen Ohren anpacke, und die kleinen Entchen kommen mit ihren Schnäbeln ganz nah an mich heran. Nur mit dem Unterschied, daß ich atme.

Jetzt schmatzt der Spielzeughändler im Schlaf. Lieber Gott, wenn er aufwacht, wenn er aufwacht! Denn ich habe das kleinkarierte Hemd aufgeknöpft und stopfe das Feuerwehrauto, Mickey und die kleinen Entchen hinein.

Iih, mein Wollunterhemd kratzt.

Die Spielzeuge sollen wie eine Wampe wirken.

Wenn der Spielzeughändler jetzt, schmatzend und mit der dänischen Frauenzeitschrift im Schoß, aufwacht, wird er völlig durchdrehen. Er wird mir die Spielsachen abnehmen und mich nach oben zu seinem Sohn schicken, der im Sportverein Gewichtheben trainiert.

Mir ist völlig egal, ob das Hemd falsch zugeknöpft ist.

Ich ziehe den Pullover mit dem V-Ausschnitt wieder darüber, dehne ihn über die Wampe. Die weißbesohlten Gummischuhe traben im Gleichtakt mit mir durch die Tür.

Draußen hat es zu regnen begonnen.

Die Straße ist löchrig.

Die Wolken grau.

Der 25-Kronen-Schein steckt immer noch knittrig in der Hosentasche. Den Rest darf ich behalten. Ich höre, wie die Regentropfen ein Trommelsolo beginnen. Ich darf den Rest behalten.

Rechenaufgabe mit Lakritz

Das Spielzeuggeschäft braucht lange, um sich hinter mir zu schließen. Ich höre die Tür mit den Regentropfen zufallen. Ich drehe mich um. Nein, ich habe so viel Angst, daß ich mich nicht umdrehe. Ich fühle warmes Wasser vom Hosenschlitz an den Oberschenkeln herunterströmen. I – ich habe in die Hose gemacht. Hoch in der Luft drehen sich die Wolken zu grauen Säulen zusammen. Sie sind wie Tabaksqualm von einem Troll, und die Regentropfen laufen in den Ausschnitt meines kleinkarierten Hemdes.

Da oben in den Wolken sitzt der Spielzeughändler im Schaukelstuhl. Sein Sohn jagt im Feuerwagen vorbei, mit seinen Hanteln und einem kompletten Sportverein auf dem Rücksitz. Unter meinem Pullover blinkt das Blaulicht des Feuerwehrautos.

Ich gehe nicht die Straße entlang, sondern renne zwischen den Häusern hindurch, die sich die Rücken zuwenden; ich renne so schnell, wie mich die Gummischuhe tragen. Ja, ich renne zwischen den Häusern hindurch, damit niemand die Spielzeugwampe vor meinem Bauch schwabbeln sieht. Zwischendurch spüre ich den Spielzeughändler auf meinen Fersen.

Ich weiß genau, wo ich hin will, vorbei an den klatschnassen Verschalungen, vorbei an den Wohnzimmerfenstern mit den Blumen, mit dunkelbraunem Matsch unter den Sohlen der Gummischuhe und der Räuberbande aus »Huckleberry Finn« im Kopf.

Ich weiß genau, wo ich hin will. Ja es geht unter den Treppenabsatz hinter unserer Garage. Dort will ich das Spielzeug verstecken. Es purzelt unter dem kleinkarierten Hemd hervor. Ich verdecke es mit Bauholzstücken.

Da hab ich Glück gehabt.

Gerade als ich zur Tür hereinkomme, bittet Mama mich, hinunter in die Abstellkammer zu gehen und Kartoffeln zu holen. Ich habe Glück gehabt, denn ein besseres Versteck als die Abstellkammer, wo es nach Jutesäcken und alten Äpfeln riecht, kann man sich kaum denken.

Ich steige die frisch gebohnerte Treppe und dann die dunklen Kellertreppen hinunter. Einen Moment lang kommt es mir vor, als würde ich zu Óli gehen, und da wachsen aus meinen Fingerspitzen vier Luftballons. Ich schalte einen Tag zurück. Doch dann mache ich mich auf und hole die Kartoffeln, weil ich den Schlüssel zur Abstellkammer in der Hand halte.

Ich öffne die Abstellkammer.

Von der Decke hängt eine nackte Glühbirne. In dem Augenblick, wo ich sie anmache, erstrahlt die ganze Kammer. Jetzt ist sie mit Klopapierrollen angefüllt, die Papa im Großhandel gekauft hat. Es sind so viele Klopapierrollen, daß wir uns mit Sicherheit bis zum nächsten Krieg den Hintern damit abwischen können.

Als die Abstellkammer aufgesperrt ist, schieße ich den Gang entlang, an dem die Abstellkammern der anderen Familien aus unserem Haus liegen, durch die Waschküche und zur Hintertür hinaus. Ich krieche unter den Treppenabsatz und hole das Spielzeug.

Den Spielsachen ist keineswegs anzusehen, daß sie den Spielzeughändler etwa vermissen würden. Mit Sicherheit ist es nicht lustig, den lieben, langen Tag auf einem Ladenregal herumzuhängen. Während ich die Kartoffeln einsammle, lasse ich das Feuerwehrauto blinkend auf den Regalen entlangfahren, wo Mama die selbstgemachte Rhabarbermarmelade aufbewahrt.

Mickey fährt aufgezogen in der hellgrauen Vorratskammer herum, und mir ist, als ob die Entchen ein ruhiges Jazzstück spielten, mit lockerem Klaviersolo und zurückhaltenden Baßtönen, so wie ich es manchmal im Radio höre.

Nachdem ich die Kartoffeln eingesammelt habe, verstecke ich das Feuerwehrauto hinter den Marmeladegläsern. Mickey und die Entchen stecke ich in einen leeren Bierkasten. Ich verstecke das ganze Spielzeug. Natürlich abgesehen vom Matchboxauto. Das nehme ich samt den Kartoffeln mit nach oben.

Natürlich habe ich vergessen, jedes technische Detail der Angelegenheit zu durchdenken, denn wie ich nach oben komme, fragt Mama mich, als ob es um die Kartoffeln ginge:

Nun, Jói, was hast du für Óli gekauft?

So ein Matchboxauto.

Und was hat es gekostet.

Ge – ge – gekostet.

Ja, gekostet, du wirst es wohl kaum umsonst bekommen haben?

Ich stecke meine Hände in die Hosentaschen. Ich fühle den zusammengeknüllten 25-Kronen-Schein. Ich weiß nicht, was ich sagen soll; es ist, als ob Mama durch mich hindurchsieht... Und hinter ihr sitzt der Spielzeughändler und lacht. Ja, wie kommt Mama nur darauf, daß ich das Matchboxauto umsonst bekommen habe, wo sie mir doch selbst das Geld dafür gegeben hat?

Ja, aber du hast doch gesagt, daß ich den Rest behalten darf.

Ich versuche, mich herauszuwinden, während ich im Kopf nach Zahlen suche. Ich kann nämlich auf keinen Fall behaupten, daß ich das Spielzeug umsonst bekommen habe, nicht, wenn man das verzweifelte Herzklopfen im Spielzeugladen mit in die Rechnung einbezieht.

Jaja, sagt Mama, du darfst den Rest behalten, aber das Auto muß doch irgendetwas gekostet haben. Du brauchst nicht immer so aufgeregt zu sein, Jóhann.

Jetzt kann ich von Glück sagen, daß der zauberkundige Maler, der das Dachgeschoß getüncht hat, mir ein paar Multiplikationsreihen beibrachte, während wir an ein paar Regentagen im vergangenen Sommer Tanzmusik im Radio hörten und er mit seinem Zauberstab die Wände strich, im verkleckssten Maleranzug und mit einem Hut aus einer alten Zeitung auf dem Kopf. Ich hatte mich regelmäßig an die feuchten Wände gelehnt, während bestimmte Teile aus den Multiplikationstabellen sich wie Verse in meinem Kopf festsetzten. Doch hier in der Küche bei Mama gelingt es mir irgendwie partout nicht, die Zahlenreihen zum Reimen zu bringen, nicht bevor ich eine spirituelle Verbindung mit dem Maler aufnehmen kann. In meinem Rechenexempel setze ich voraus, daß der Gegenwert von acht Lakritzrollen ein angemessener Rest ist, zumal ich den Rest ja behalten durfte. Um das Ergebnis zu finden, muß ich in wenigen Sekundenbruchteilen die Rechenaufgabe bildlich vor mir sehen, das heißt, ich muß mir vorstellen, daß ich für das gesamte Geld Lakritz gekauft hätte, denn sonst kann ich die acht Lakritzrollen nicht von der Gesamtsumme abziehen. Und als mir das in no time mit Blitzgeschwindigkeit und aus dem Kopf gelungen ist, als ich acht Lakritzrollen von der Gesamtsumme abgezogen habe, bekomme ich heraus, daß das Matchboxauto dreiundzwanzig Kronen gekostet hat, in Zahlen und in Worten, doch wegen der permanenten Inflation im Lande habe ich für jede einzelne Lakritzrolle einen unbekannten Wert eingesetzt. Dank der praktischen Mathematik der zauberkundigen Malers sage ich zu Mama:

Drei – drei – dreiundzwanzig, das Auto kostete dreiundzwanzig. Den Rest stecke ich in die Spardose.

In der Tat ist dies die erste Rechenaufgabe, die ich ohne Papier und Bleistift in der Küchentür gelöst habe. Doch wenn der Spielzeughändler tagtäglich so in seinem Schaukelstuhl schläft, sehe ich mich in der Lage, noch viel Dümmeres als Rechnen zu lernen.

Auf dem Weg in mein Zimmer umklammere ich den 25-Kronen-Schein. Ich greife die Spardose, die auf der Fensterbank steht. Die Spardose sieht wie ein Taschenbuch mit goldenen Seiten aus. Nur mit dem Unterschied, daß man nicht wie in einem Taschenbuch darin blättern kann. Sie ist mit einem Geheimschlüssel, zu dem nur der Kassierer in der Bank Zugang hat, verschlossen. Auf der Spardose steht der gemeinsame Werbeslogan aller Banken in der Stadt: Wer spart, gewinnt – wie der Titel auf einem Buchumschlag. Doch unten in der Ecke steht der Name der Bank in Gold.

In der Mitte der Spardose ist ein Schlitz mit vergoldeten Eisenzähnen. Als ich den 25-Kronen-Schein durch den Schlitz schiebe, heben sich die Eisenzähne, die Spardose öffnet ein wenig das Maul wie eine gähnende Katze: Goodbye, Magnús Stephensen, ich grüße dich durch die Gefängnisgitter des Tresors, auf ein Wiedersehen beim Kassierer. Ich kann nur hoffen, daß in den Fabriken weiterhin Lakritz produziert wird.

Klebrig vom Geldgestank stehe ich hier mit zwei leeren Händen. Ich gehe zum Klo und drehe den Wasserhahn auf. Als die Seife beginnt, zwischen meinen Händen zu schäumen, kommt es mir vor, als sei der Spielzeughändler aus der Welt verschwunden, obwohl natürlich ich, Jóhann Pétursson, darauf keinen Einfluß habe. Jetzt wacht er sicherlich in seinem Schaukelstuhl auf, reibt sich den Schlaf aus den Augen, und sieht in dem Moment, daß die Trittleiter nicht da steht, wo sie hingehört. Die Augen mühen sich ab, denn ganz offensichtlich hat jemand die Spielsachen im Regal aufgeräumt. Er scheint drauf und dran durchzudrehen. Dunkel erinnert er sich an einen Traum voller dürrer Krankenschwestern.

Meine Hände sind nicht mehr klebrig vom Geldgeruch, sondern duften nach Seife. Gilt es nicht als Beweis für Gesetzestreue, wenn man nach Seife duftet? ... Jedenfalls schlägt mein Herz anders. Ich sehe mich im Spiegel an; einige Sekunden lang fühle ich die Erde sich um mich drehen.

Unten im Keller hat Óli damit begonnen, die Minuten zu zählen, die in der Küchenuhr ticken. Er starrt an die Decke mit seiner Beule unter dem Bürstenhaarschnitt und wünscht, daß zwei Stockwerke weiter oben die Decke unter meinen Füßen nachgibt, weil ich, der ich hier auf meiner Reise um die Erde und mit der Erde vor dem Klospiegel stehe, ihn mit dem Zimmermannshammer auf den Kopf geschlagen habe.

Morgen werde ich meine Strategie bis zum Äußersten ausspielen. Ja, dann wird die geistige Militärschulung des Jóhann Pétursson in Gang gebracht. Auf der Kellertreppe dir gegenüber, Óli, wird sich herausstellen, ob ich zum Anorak greifen muß, oder ob ein Matchboxauto als Eintrittskarte genügt. Ich will zumindest bei der jährlichen Muskelparade deines Onkels von der Polizei dabei sein. Ich hoffe bloß, daß sie mit klassischem Zuschnitt stattfindet, wenn sich auch literarisch gesehen ein moderner Touch nicht schlecht machen würde.

II. TEIL

Die Muskelparade

Das Lügenzeichen mit den Zehen

Jetzt stehe ich hier am Bestimmungsort.

Zwei Tage nach dem Schlag auf den Kopf beim Öltank stehe ich vor der Kellertür, durch die Óli weinend verschwunden ist. Ja, zwei Tage danach stehe ich hier mit einem Matchboxauto in der Hand. Wie der Teufel, der sonntags in die Kirche geht – denn ich bin hier nicht eingeladen.

Herausgeputzt.

Ja, wer würde sich nicht herausputzen, wenn er das Ziel vor sich sieht, das er zwei Tage lang herbeigesehnt hat. Zwei Tage, die so lange gedauert haben wie eine ganze Epoche der Menschheitsgeschichte. Ja, trotz der Milchzähne bin ich in Wirklichkeit neunzig Jahre.

Hier stehe ich.

Wie ein Feuerwehrmann bin ich auf alles gefaßt.

Meine Augen sind so groß wie der Gully in der Ecke.

Hier stehe ich und kann nicht anders.

Jemand kippt einen Eimer Abwaschwasser über mir aus, eine Wasserpistole wird zwischen meine Arschbacken geschoben. Hände hoch, Hosen runter, sagt eine Stimme von oben. Hinter mir steht die Welt, das Gesicht mit einem roten Tuch vermummt.

Auf der Kellertreppe, auf alles gefaßt, ich: ja, wie erwartet, macht die Klingel ding-dong, als ich auf den Klingelknopf drücke. Ding-dong. Das bin ich, Jóhann Pétursson, der hier mit einem Matchboxauto vor der Tür steht. Das bin ich…

Wenn Óli bloß morgen Geburtstag hätte... Oder stände ich doch hier, siebzig Jahre später, aschgrau vor Alter und mit Stock.

Ding-dong.

Ich bin bereit wegzurennen, wenn Óli hier auf der Türschwelle auftaucht. Ich schaue mich um. Ich schaue dem Gully in die Augen. Ich bin keineswegs bereit wegzulaufen.

Blockflötenteile ragen aus dem Abfallkorb der Gedanken. Die Gedanken schweifen zum Anorak.

Óli.

Zum Glück ist es Jóna, deine Mutter, die zur Tür kommt; nicht du, Óli, mit der Beule auf dem Kopf, nicht du, sondern deine Mutter mit Mehlduft im Haar, die weiße Schürze abnehmend.

Ach Jóhann, schön dich zu sehen.

Ich schaue an mir herunter. Wollt, ich wäre unsichtbar. Ich finde es nicht schön, mich zu sehen.

Deine Mutter hat Augen voller Zimmermannshämmer.

Während ich den Flur entlanggehe, steht das Rührgerät in der Küche still. Dort in der Küche hilft Birna, deine Schwester, beim Kuchenbacken.

Ansonsten ist die Wohnung still.

Vielleicht hatte Óli gestern Geburtstag. Oder das alles ist genau kalkuliert, und du, Óli, stehst mit deiner Beule auf dem Kopf hinter deiner Mutter, bereit, mich zu kneifen und zu kratzen. An den Haaren kannst du mich allerdings nicht reißen, denn Anton Sigfinnsson hat alles kahlgeschoren. Ich habe fast schon eine Glatze.

Aber hinter deiner Mutter steht niemand, Óli.

Wie – kein Geburtstag?!

Óli, vielleicht hast du dich durch die Zauberkraft des Hammers in Luft aufgelöst und feierst jetzt in den Wolken Geburtstag?

Ich streife im Flur meine Schuhe ab. Deine Mutter weist mich leise zu deiner Zimmertür. Ja, wenn ich nicht der erste an deinem Geburtstag bin, sind die anderen schon längst gegangen...

Du mußt irgendwie gespürt haben, daß ich gekommen bin, denn wie ich dein Zimmer betrete, sitzt du mit untergeschlagenen Beinen da und meditierst über die Welt wie ein Yogi, mit einer Beule auf dem Kopf; ja, es sieht ganz so aus, als ob die Türklingel dich nicht im geringsten überrascht hat. Lauern Geburtstagskinder nicht ohnehin immer auf die Klingel? Beinahe fliehe ich wieder aus dem Zimmer.

Du mußt es gespürt haben, denn kaum hast du mich auf der Türschwelle erblickt, fängst du an, in einer Werkzeugtasche voller Plastikwerkzeug zu wühlen.

Ich stehe vor der Tür und betrachte dich; seit ich die Luftballons auf dein weißes Bettzeug fallen gelassen habe und du mit einem nassen Waschlappen auf der Stirn im Bett gelegen hast, habe ich dich nicht gesehen.

Jetzt, zwei Tage später, ist die Beule ausgewachsen.

Sie ragt wie ein Berg aus deinem Kopf.

Als du dich umwendest, um mich, den ersten Gast zu deinem Geburtstag, anzusehen, sieht auch sie mich an.

Die Beule ist ein Berg. Aus dem Bürstenhaarschnitt schauen die Augen eines Berges.

Als ich ein Lächeln versuche, begegnen mir große, rollende Augen. Vielleicht verwandelst du dich in einen Hund und beginnst zu bellen. Nein, du wendest dich einfach mit deinen untergeschlagenen Beinen auf dem Fußboden um und kramst erneut in der Werkzeugtasche, die dein Großvater dir zu Weihnachten geschenkt hat.

Ganz so, als sei ich unsichtbar. Als gäbe es mich nicht. Am liebsten würde ich ins Klo gehen und mich wegspülen. Weiß nicht, was ich mit mir anfangen soll.

Ich habe ein weißes Nyltesthemd und schwarze Trevirahosen an. Ich stecke meine Hände schräg in die Hosentaschen. Ich schaue am Hemd hinunter und zähle die Knöpfe: eins, zwei, drei, vier...

Ich fühle, daß meine Lippen sich bewegen. Herzlichen Glückwunsch, will ich sagen. Aber es ist eher, als ob ein anderer meine Stimmbänder in Bewegung setzt. Ich höre die Worte nicht, die ich sage.

Óli schaut auf. Er schaut mich an. Óli, du sagst kein Wort.

Da – ich reiche ihm das Päckchen, das von einer roten Schleife zusammengehalten wird.

Doch, es trifft sich auf gewisse Weise gut, daß ich dir mit dem Zimmermannshammer auf den Kopf geschlagen habe, denn bevor ich das getan habe, war ich fest entschlossen, dir ein Päckchen zu reichen, das du in deiner Gier mit blitzgeschwinden Handgriffen aufgerissen hättest, und da – da wäre dir eine Spirale an die Nase geschossen. Jetzt ist mir klar, daß du geplatzt wärst. Ich hätte dein Herz vom Lichtschalter klauben müssen.

Óli öffnet das Päckchen sorgfältig, so als ob er die Schleife behalten wolle, oder gleichgültig, als wolle er es nicht haben. Ich weiß nicht, was. Doch als das Päckchen geöffnet vor ihm liegt, nimmt er das Matchboxauto heraus, legt es zur Seite und fährt fort, in der Werkzeugtasche zu kramen.

Óli.

Das eine sag ich dir: Wenn du weiterhin so ausgiebig in deiner Werkzeugtasche kramst, wirst du zum Straßenbau abgestellt und mußt den lieben langen Tag Gräben ausheben.

Für einen Augenblick bedaure ich, dir nicht alles Spielzeug geschenkt zu haben, das ich aus dem Spielzeugladen mitgenommen habe. Ja, ich hätte sogar den schlafenden Spielzeughändler im Schaukelstuhl einpacken und dir per Paketpost schicken lassen sollen.

Ich lehne mich an den Türpfosten, lasse meine Blicke durch das Zimmer schweifen, in der Hoffnung, daß vielleicht ein Schlichtungsangebot mit kleinen, weißen Brieftauben durch das offene Fenster geschwebt kommt. Sonst sollte ich vielleicht telefonisch einen staatlichen Schlichter anfordern.

Beim Staat ist nämlich einer angestellt, der alle Feinde miteinander versöhnt.

Ich taste mich vor bei der Vertragsniederlegung, bin bereit, auch die härtesten Bedingungen von Óli zu unterschreiben, würde sogar auf Händen stehen oder meine Ohren wie Segel aufspannen, wenn er es verlangt, ja, ich taste mich langsam vorwärts, indem ich frage, ob er die Luftballons schon aufgeblasen hat.

Óli antwortet nicht.

Und da geht mir ein Licht auf, die genialste Strategie der Weltgeschichte, die hinterlistigsten Tricks der Gegenwart eingeschlossen, doch zurückzuführen auf Jesus:

Hör zu, Óli, sage ich, wenn wir wieder Freunde sind, dann darfst du mich morgen mit dem Hammer auf den Kopf hauen. Ich werde den Hammer noch einmal klauen.

Ich gehe so vor, als ob ich alle Friedensverhandlungen dieser Welt dirigiere, als sei ich Vizepräsident und alles. Es ist, als ob eine unsichtbare Hand Óli in den Hintern kneift. Er springt auf die Füße und fragt:

Darf ich?

Ja, morgen, ni – ni – nicht heute.

Morgen, versprichst du das?

Ja, ich verspreche es.

Natürlich beachte ich, was alle Regierungschefs in allen wichtigen Abkommen über bedeutungsvolle Angelegenheiten immer anwenden, in allen Friedensverhandlungen: Ich achte darauf, mit den Zehen das Lügenzeichen zu machen. Ich habe Glück, daß Óli nicht verlangt, ich sollte mit zehn Fingern zu Gott schwören oder mich bekreuzigen. Morgen, pöh, morgen... da wird es nicht schwer sein, sich aus dem Versprechen herauszuwinden. Ja, jedenfalls wird es leichter sein als jetzt in diesem Zimmer, wo du, Óli, das Zentrum der Welt bist.

Die blaugrüne Wasserpistole

Auch wenn du, lieber Leser, es jetzt vielleicht vermutest: Óli und ich sind nicht wie Regierungschefs, die sich auf telegraphisch übermittelten ap-Nachrichtenbildern umarmen und Hände schütteln, während sie sich in Gedanken gegenseitig die Köpfe abreißen. Nein, wir spielen bloß mit Spielzeugautos und fahren über Brücken, die zwischen uns abgebrochen sind.

Und sieh da:

Die Flutwellen, die vorhin unsichtbar heranrollten, als ich auf der Türschwelle stand, ebben in dem Moment ab, wo brummender Autolärm prustend über unsere Lippen kommt. Sie rollen unter unseren Händen, über einen Fußboden, der im Verhältnis zur Reifengröße der Autos eine große, asphaltierte Wüste ist.

Ich brauche nicht zu den Waffen greifen, die ich in Gedanken geschmiedet habe.

Oben unter dem Dach hängt mein Anorak am Kleiderhaken. Dort wartet er, bis ich demnächst wieder ein Drama inszenieren muß, denn jetzt heißt es lustig sein. Ja, manchmal scheint es, als würde das Autospiel alle Probleme im Zusammenleben der Menschen lösen. Eigentlich finde ich, daß Regierungschefs, wenn sie sich treffen, einfach Autorennen miteinander spielen sollten.

Uhuhu, ich heule wie ein Indianer.

Da oben auf der Kommode, da, wo deine Socken aufbewahrt werden, Óli, liegen deine Spielzeugsoldaten auf einem Haufen. Ein prima Stapel aus Plastikleichen, mit Helmen und Gewehren, die in die Luft ragen. Die beliebten Spielzeugsoldaten aus allen Spielzeugläden, die es sogar bei dem alten Spielzeughändler in der grauen Strickweste gibt.

Ich strecke mich hinauf zur Kommode.

Die Spielzeugsoldaten erwachen alle zum Leben, und grüne Bäume mit Plastikstämmen reihen sich auf dem Fußboden auf.

Die Berghänge hinauf, die den Wellen des Bodenbelages folgen, rasen Heckenschützen mit Ferngläsern.

In einer Sekunde verwandele ich den Fußboden in ein Schlachtfeld.

Und dann geht's los:

Óli auf der einen, ich auf der anderen Seite.

In unseren Köpfen explodieren Bomben, während eine silbrige Stahlkugel über den Boden springt. Und Soldaten fallen. Sie fallen wie Laub im ganzen Land, fallen tot zur Erde und erheben sich nicht mehr, es sei denn, daß wir sie wieder auf ihre Plastikfüße stellen.

Ra – ta – ta – ta, ich kann das Mündungsfeuer vorn an den Plastikflinten sehen, und oben auf der Fensterbank, Óli, sitzt der Indianer mit den Plastikgelenken. Er sitzt da, verfolgt die Schlacht in wehmütiger Yogahaltung und raucht, die Trommel zwischen seinen Beinen, die Friedenspfeife.

Óli.

Möglicherweise sinnt der Indianer darüber nach, wie die Beule auf deinem Kopf zustandegekommen ist. Schließlich hat er dir nicht mit der Friedenspfeife auf den Kopf geschlagen. Haha, nein.

Ein Strich teilt den Fußboden in zwei Hälften. Dort in der Mitte des Bodens ist eine Senke, ein Loch im Linoleum. Darin sammelt Óli seine Mannschaft. Um unnötige Komplikationen zu vermeiden, verlassen meine Truppen das Gelände, obwohl ich, Jóhann Pétursson, in der Mulde eigentlich nach Öl bohren wollte, mit einer Pumpstation und grünen Fühlern in alle Welt hinaus, JP-Ltd. Doch weil du, Óli, Geburtstag hast, kann man nichts machen; meine Truppen ziehen sich willenlos mittels meiner Hand zurück.

Óli errichtet jetzt einen prächtigen Bauernhof in der Mulde. Der Bauernhof, der sich aus der Senke erhebt, ist vom Plastikwerkzeug aus der Tasche vom Großvater eingerahmt. Sein Baustil mit dem Silo ist eine unbewußte Mischung aus spanischem Adelssitz, einer Kolchose im Kaukasus und einer Farm in Texas. Abgesehen vom Gras in der Mulde, das schwarz ist.

Óli.

Jetzt bist du ein Großbauer mit Cowboyhut. Du treibst eine Plastikkuhherde. Ich lasse meine Truppen verwaist auf dem Schlachtfeld zurück und statte dir einen Besuch auf der Farm ab. Ich brause im Privatjet der Gedanken heran, einem kleinen, gelben Plastikflugzeug. Das Landungsgeräusch erzeuge ich mit den Lippen. Ich trage einen weißen Helm auf dem Kopf, den wir im Park gefunden haben. Als ich vor der Farm lande, habe ich einen Zigarettenstummel im Mundwinkel und Ohrenschützer auf dem Kopf. Über dem Kopf ziehe ich drei Runden mit dem gelben Plastikflugzeug, dein Privatjet der Gedanken, ehe ich auf dem weichen Gras in der schwarzen Mulde vor der Farm lande.

Ganz ohne Zweifel, du bist der Großbauer, Óli, denn du hast Geburtstag. Während du herankommst, um den Pilot zu empfangen, der im Privatjet der Gedanken vor deiner Farm gelandet ist, kickst du alle Kühe der Farm unter den Heizkörper in der Ecke. Jetzt blickt der Cowboyhut überlegen in die Welt, in die Welt, die ich bin, mit einem Piloten anstelle des Herzens, auf mich. Und um uns besser zu verständigen, erfinden wir eine neue Sprache. Wie ich über die Äcker des hellbraunen Linoleums schaue, sehe ich, daß alle Kühe durch die Wärme der Heizung verendet sind, denn dort herrscht eine trockene und knarrende Hitze. Um die Landwirtschaft auf dem Linoleum wiederzubeleben, strecke ich mich nach einer durchsichtigen Plastiktüte voller Hennen. Diese schütte ich auf den Boden. Auf dem hellbraunen Linoleum im Keller bei dir, Óli, entsteht die größte Hühnerfarm der Welt.

Weil du Geburtstag hast, Óli, darfst du alles auf der Farm bestimmen. Du könntest sogar die Hennen in die Werkzeugtasche packen und mich durch die Spielzeugsoldaten vom Grundstück treiben lassen. Nein, dazu kommt es nicht; nach einigem Hin und Her darüber, wer die Hennen mit unsichtbarem Popkorn füttern soll, darf ich mit einem kleinen, weißen Jeep fahren, während du, Óli, ein Hühnerorchester zusammenstellst.

Über die imaginäre Hauswiese des Linoleums brumme ich mit dem Jeep. Als ich in einen Graben fahre, muß ich mit flatternden Lippen herausbrummen. Es sei denn, Óli, du hilfst mir. Und wir schieben den kleinen, weißen Jeep mit so viel angestrengtem Gestöhne, daß man fast glauben kann, hier seien zwei Männer mit schwerer Verstopfung dabei, sich freizuscheißen. Während unsere neue Sprache zu einem Lärm anwächst, der das Zimmer ausfüllt, explodieren alle Adern auf der Stirn der Schallmauer, denn der brüllende Jeep hat in unseren Köpfen einen Dieselmotor; der Krach steigert sich, und plötzlich, Óli, steht deine Mutter Jóna in der Tür und sieht zu, wie wir uns miteinander auf dem Boden wälzen.

Müßt ihr schon wieder Streit anfangen! Deine Mutter schlägt einen ziemlich scharfen Ton an.

Nein, wir spielen bloß, sagt Óli. Óli hat kaum das erste Wort ausgesprochen, als unsere neue Sprache in Vergessenheit gerät. Meine Träume sinken keuchend auf das hellbraune Linoleum. Wir richten das Durcheinander, in das unsere Beine verwickelt waren, während wir einen kleinen, weißen Jeep aus dem Graben wuchten mußten, stehen auf und kratzen uns am Stoppelkopf.

Oh weh, man sollte euch einen Schalldämpfer einbauen, sagt deine Mutter, während ding-dong die Klingel läutet.

Ding-dong.

Garđar ist das.

Garđar hat natürlich ein weißes Nyltesthemd und schwarze Trevirahosen an. Das ist die Uniform für Jungs an Geburtstagen. Er erscheint in der Tür. Er lächelt. Nein, er braucht nicht, wie ich vorhin, seine Knöpfe zu zählen, mit hängendem Kopf in der Türöffnung. Er ist ein freier Mann, aufrecht wie die ganze Spezies. Als mildernder Umstand für mich könnte gelten, daß Garđar auch keinen Zimmermannshammer auf dem Gewissen hat.

Anders als Óli und ich hat Garđar keinen Bürstenhaarschnitt – es macht nämlich einen grundlegenden Unterschied, einen Bürstenhaarschnitt zu haben oder nicht. Ein Junge mit einem Bürstenhaarschnitt hat immer einen Bürstenhaarschnitt, den wird er nie wieder los. Garđar dagegen hat einen Fassonschnitt. Ein Fassonschnitt stellt ein besonderes Kapitel der Friseurkunst dar; wahrscheinlich von Trauerkleidungsherstellern erfunden, obwohl auch Konfirmationsfotographen sehr gut in Frage kämen, denn alle stimmen dann überein, daß ein Fassonschnitt kleinen Jungs ein scheues Gebaren und einen so in sich gekehrten Ausdruck verleiht, daß man denken könnte, sie hätten ihrer eigenen Beerdigung beigewohnt. Genau deswegen gilt ein Fassonschnitt auch als Zeichen der Höflichkeit. Wenn man ihn jedoch mit den Augen eines Friseurs betrachtet, stellt er ein theoretisches Durchgangsstadium zwischen dem totalen Bürstenschnitt und dem normalen Herrenschnitt dar.

Doch genug davon.

Garđar wird hereingelassen.

Mir kommt natürlich sofort in den Sinn, ob ich nicht Scharfschützen in Zivil an den Berghängen herunterlaufen lassen soll, um abzuchecken, ob er etwas Verdächtiges in seinen Hosentaschen hat. Nein, okay, hier geht ein freier Bürger seines Weges. Vom Fleck weg wird er als Gärtner für die Farm engagiert. Mit einem kleinen Plastikrechen aus Großvaters Werkzeugtasche in der einen und einer Gießkanne in der anderen Hand krabbelt er über die grünen Plastikbäumne, die über den Boden verteilt sind.

Garđar wohnt im Nachbarhaus. Und da im Nachbarhaus hat er ein rotes Feuerwehrauto, genauso rot wie das, was ich vom Regal des Spielzeughändlers genommen habe, als der in seinem Schaukelstuhl schlief. Und da hat er einen Vater. Und da hat er eine Mutter, und zwei Schwestern, die ständig in ihren gelben Kleidern und mit ihren Pferdeschwänzen auf der Straße seilspringen. Frag mich nicht warum – sie erinnern mich immer an den ersten Sommertag.

Ab und zu kratzt sich Garđar den Fassonschnitt im Nacken. Als ob er sich aus der Luft eine neue Welt schaffen wollte. Mit seinen unschuldigen braunen Augen schaut er durchs Zimmer, und dann begießt er weiter die grünen Plastikbäume mit unsichtbarem Wasser. So, als sei alles lebendig – denn in seinem Kopf verwandelt sich das Zimmer in einen grünen Garten Eden. Auf dem Boden ruhen luftige Wolken, und Vögel aus dem Paradies entfliegen seinen Ohren. Hätte er Brotkrumen, würden sie sich von selbst auf den Boden streuen.

Unsichtbares Wasser fließt.

Er gießt.

Garđar gießt.

So beschäftigt ist er mit den grünen Plastikbäumen, daß er völlig vergißt, daß er mit einem Geburtstagsgeschenk gekommen ist. Erst als du, Óli, dich wie ein Kontrolleur im Kino, der die Eintrittskarte zu sehen wünscht, vor ihm aufbaust, zerplatzt sein Mienenspiel. Plötzlich fällt ihm ein, was er vergessen hat, er vergißt darüber aber die Vögel, die seinem Kopf entflogen waren, den grünen Garten ... das Paradies ...

Ach, das hab ich ganz vergessen,warte, Óli, warte. Garđar geht in den Flur und zieht das Geschenk aus seiner Jackentasche. Ruhepause von der Farmarbeit, während drei Jungsgesichter sich über ein geblümtes Päckchen mit grüner Schleife beugen.

Óli zieht die Schleife auf.

Nach dem geblümten Papier schwebt die Schleife auf den Boden. Das Päckchen ist offen. Óli hält eine blaugrüne Wasserpistole in den Händen und galoppiert wiehernd mit der Pistole in der Luft davon.

Was hast du Óli geschenkt?, fragt Garđar, nachdem wir beide allein im Zimmer zurückgeblieben sind. Fast wünschte ich, daß ich Óli die Wasserpistole geschenkt hätte, die er von Garđar bekam. Oh – ein Auto, Luftballons – und eine große Markstücksbeule auf dem Kopf. Wenn Papa nicht gerade hätte zimmern wollen, hätte ich ihm auch noch einen Zimmermannshammer geschenkt.

Haha, macht Garđar, und er beugt sich über die Farm in der Mulde des hellbraunen Bodenbelags.

Zwei Pferde bäumen sich auf.

Die Hennen aus der Plastiktüte legen keine Eier mehr.

Ich besteige wieder den Privatjet der Gedanken und starte in einen Traum voller roter Lichter.

Garđar läßt den Bullen auf eine Kuh losgehen.

Guck mal, sagt er.

Der Bulle steigt schräg auf die Kuh.

Zwei lachende Jungsgesichter wenden sich zueinander und versuchen, den Stier auf der Kuh zu halten, indem sie die kleinen Plastikbeinchen etwas auseinanderdrücken, damit sie weiterlachen können, und plötzlich pschh-pschh.

Ich erstarre.

Kaltes Wasser fließt mir in den Ausschnitt des weißen Nyltesthemdes, eiskaltes Wasser, das am Rücken hinunterfließt. Hinter mir stehst du, Óli, mit der blaugrünen Wasserpistole in der Hand, lachend mit einer Beule auf dem Kopf.

Die Schuhe im Heizungskeller

Ding-dong.

Die Nässe aus der Wasserpistole klebt das Hemd am Rücken fest. In kleinen, kalten Tropfen fließt das Wasser den Rücken hinunter, unter dem Hosenbund durch und zwischen die Arschbacken. Es ist drei Uhr, und – ding-dong – Jungs, unzählige Jungs strömen aus den Betonhäusern unserer Straße, strömen aus den Häusern und stürmen in Richtung Kellertreppe.

Ding-dong.

Heute läuft die Muskelparade des starken Onkels von der Polizei.

Ding-dong.

Ich stehe mit Igelkopf in der Tür zum Zimmer und beobachte, wie sich die Kellertür öffnet und schließt.

Ding-dong.

Da wälzt sich Jón herein. Er trägt eine Piratenklappe vor dem einen Auge. In der Gesäßtasche stecken fünf Comic-Hefte, die er lesen will, falls er sich auf der Geburtstagsfeier langweilt. Óli begrüßt Jón, der ihm eine handgefertigte Mausefalle reicht, von seinem pockennarbigen Bruder, dem Bäcker, gebaut; und ein Bilderbuch voller Tauben.

Jón kickt seine weißbesohlten Gummischuhe unter die Heizung und kommt rein: Ach, hallo Jói, du übst wohl dauernd auf der Blockflöte, die deine Tante dir zu Weihnachten geschenkt hat, oder warum sieht man dich nie?

Ach, ich war auf dem Land, lüge ich.
Und wer spielt bei euch Blockflöte?
Mama, lüge ich weiter.
Deine Mutter?!
Ja, sie hat vor, bei Pfarrer Daniel im Kirchenchor Flöte zu spielen, lüge ich ein drittes Mal und bekomme einen Schluckauf.
Bevor ich Jón noch mehr anlügen kann, ist er mit seiner Piratenklappe auf dem Klo verschwunden. Gleichzeitig kommt Finnur zur Kellertür herein, die Haare mit Wasser zurückgekämmt, in einem Pullover mit V-Ausschnitt.
Jetzt stürmen die Jungs herein.
Nach Finnur kommt ein fremder Cousin aus der Weststadt. Wenn er das Trikot des dortigen Fußballvereins trüge, würde er garantiert verprügelt... Dann kommt Gylfi. Rebbi und Gunni sind niemals mehr als einen Meter voneinander entfernt, und folglich sind sie zusammen erschienen.
Und so endlos weiter.
Ich kann euch eins sagen: Wenn ich weiterhin alle Namen derjenigen herunterleiern würde, die sich hier durch die Haustür drängen, würde dieses Kapitel todlangweilig und von der Länge der Ilias sein. Ja, wenn du eine Schwäche für Namen hast, liest du besser das Telefonbuch.
Doch wie auch immer: Es regnet Jungs, und sie werden zur Tür hereingespült. Jungs, natürlich Jungs – und keine Mädchen
Óli.
Als wir nur zu zweit waren und zusammen spielten, war es, als ob niemand zum Geburtstag kommen würde. Und nun, eine Viertelstunde später, sieht es ganz so aus, als sei alle Welt auf dem Weg durch die Kellertür, um dich, Óli, zu treffen.
Jetzt haben Jón und Finnur zu streiten begonnen. Abgesehen von der Piratenklappe, die Jón etwas Verwegenes verleiht, gehört er doch zu den schlaksigeren Jungs in der Straße. Ich fürchte, er wächst so rasant, daß er bald mit den

Füßen auf dem Flur schlafen muß. Und aller Wahrscheinlichkeit nach muß das Elektrizitätswerk alle Laternenpfähle in der Straße erhöhen, damit er sich nicht den Kopf daran stößt. Wenn ich Jóns Mutter wäre, würde ich ihn per Paketpost auf dem direktesten Weg in einen amerikanischen Zirkus schicken und warten, daß er mit vier großen Hotels in der Tasche und einer dicken Zigarre im Mundwinkel zurückkommt. Und man braucht es fast nicht erwähnen: Jón ist im Verhältnis zur Größe mager. Ja, ich kann euch sagen, wenn Jón einen Fotographen kennte, könnte er wie kein anderer auf den Rot-Kreuz-Plakaten den Hunger in der Welt bekanntmachen. Er ist so ausgemergelt, daß man glauben könnte, die Verkäufer im Pfadfinderladen hätten ihm aus Jux das Gesicht ausgeschnitzt, und seine Rippen klappern bei jedem Atemzug. Und dieser Kaffeegeruch. Von morgens bis abends riecht Jón nach Kaffee. Er begann im Alter von drei Jahren mit dem Kaffeetrinken. Direkt von der Muttermilch ging er zum Kaffee über. Er schüttet Kaffee in sich hinein wie einer, der unter chronischem Schlafzwang leidet. Nein, ich kann euch versichern, kein Jón ist wie dieser Jón. Neben Jón ist Finnur, der seine Flossen hauptsächlich zum Streiten benutzt, ein bißchen wie ein Beamter in den Fünfzigern. Nicht allein deshalb, weil Finnur drei Winter lang in der Schule das Alphabet breitgetreten hat. Nicht nur, weil Finnur der Älteste auf der Geburtstagsfeier ist. Nein, sondern auch deswegen, weil Jungs im Pullover mit V-Ausschnitt und wassergestriegeltem Haar so alt wirken. Und das um so mehr, wenn man sie im Gespräch mit einem Seeräuber sieht, der seit seinem dritten Lebensjahr Kaffee trinkt. Ich, so wahr ich Jón Pétursson heiße, glaube nämlich, daß Finnur mit dieser Wasserwelle von der Wöchnerinnen-Station kam, der Mond stand im Zwilling, die Sonne im Krebs, und gleich am darauffolgenden Tag wurde er in einen Pullover mit V-Ausschnitt gesteckt. Seitdem hat er so ausgesehen, und so sieht er auch jetzt aus, wie er dasteht und sich mit Jón darüber streitet, wer von ihnen Óli das größere Geburtstagsgeschenk mitgebracht hat. Meins war mehr, sagt Finnur, der behauptet, daß ein 25-Kronen-Schein, wie er ihn Óli bei der Ankunft zum Geburtstag überreicht hat, ein 25-Kronen-Schein, wie ich einen in Kapitel sieben zwischen die Eisenzähne der Spardose geschoben habe, um ein Vielfaches wertvoller sei als eine selbstgebaute Mausefalle. Jón weist dies mit allen ihm zur Verfügung stehenden, schlaksigen Gebärden scharf zurück; ein alter Mann mit Stock unten in der Stadt sei bereit, viele hundert Kronen für so eine Mausefalle zu bezahlen.

Solche Stapel, sagte Jón, und streckt seine Hände hoch in die Luft, Trillionenfach-mehr-als-egal-was-du-sagst, denn der Alte fängt Mäuse und steckt sie in einen Sack, erklärt Jón.

Hier stehe ich mit meinem Stoppelkopf in der Tür und betrachte den Geburtstag. Aus der Ferne wirken zwei streitende Jungs wie zwei Sänger, die beide ihre Melodie über den gleichen Lautsprecher singen.

Rund um mich herum sind zwei Jungs dabei, sich zu streiten. Aus gegebenem Anlaß halte ich mich aus der Auseinandersetzung heraus, denn wie bekannt, ist meine Tour zum Spielzeughändler im Schaukelstuhl kaum in Geld zu messen.

Vorne im Flur kann man die Haustür vor Schuhen kaum öffnen. Schuhe Schuhe Schuhe. Sicher wird es schwierig, nachher die richtigen Latschen wiederzufinden. Weißbesohlte Gummischuhe, Straßenschuhe mit Zehenspielraum, Stützschuhe mit Einlagen; ja darin zeigt sich der Fortschritt im Gesundheitswesen dieses Landes, daß jedes zweite Kind im Hauptstadtgebiet sich als fußkrank erweist und in Stützschuhen mit Einlagen gehen muß. Die Schuhe, die sich vor der Wohnungstür türmen, erinnern am ehesten an die Apfelsinenabfallberge während der großen Krise, lange bevor ich zur Welt kam.

Gylfi, Gylfi, rufe ich mit meinem Stoppelkopf aus der Türöffnung, Gylfi.

Wa-wa-was is, fragt Gylfi stotternd. Er zieht eine solche

Grimasse, daß ihm das halbe Gebiß aus dem Mund ragt. Wenn Gylfi sich jemand nähert, läßt er immer den Kopf bis auf das Brustbein hängen, ganz so, als ob man wehmütig aus dem Brustkasten mit ihm sprechen solle, oder als wolle er, daß man ihm den Kopf abhackt.

Siehst du die ganzen Schuhe, Gylfi?

Ja, so-so-sollen wir sie nehmen? Reflexe blitzen von seinen halben Vorderzähnen. Gylfi strahlt wie eine Sonne.

Pst, sage ich, und lege den Zeigefinger an die Lippen. Wir nehmen nur ein paar.

Die-die-diese, sagt Gylfi, und nimmt einen Armvoll Schuhe.

Ja, genau diese. Das da sind die Gummischuhe von Rebbi.

Ich öffne die Tür zum Heizungskeller, wo die Dunkelheit feuergelb flackert und wo es dröhnt wie bei den Trollen. Ich besteige eines der Geräte im Heizungsraum. Gylfi stützt mich mit der Handfläche unter einer Arschbacke ab, damit ich nicht hinunterfalle, und mit der anderen Hand reicht er mir die Schuhe, die ich oben auf einen der siedend heißen Heizungskessel bugsiere.

Eins, zwei, drei, vier Paar Schuhe.

Gummischuhe mit weißen Sohlen, Straßenschuhe mit Zehenspielraum, Stützschuhe mit Einlagen.

Lachend eilen wir zurück in Ólis Zimmer.

Gylfi schmeißt sich aufs Bett und sieht aus, als hätte er seit seiner Geburt nichts anderes getan, als in diesem Comic-Heft gelesen.

Drinnen im Zimmer wiehern Pferde in weißen Nyltesthemden.

Flugzeuge mit Menschenfüßen formieren sich.

Haha, jemand weint; geschieht ihm recht, geschieht ihm recht.

Ich beobachte, wie der fremde Cousin aus der Weststadt in der Ecke einen Popel frißt. Jón läuft stinksauer hin und her; er hat seine Augenklappe verloren. Er quatscht mit Mädchen, er quatscht mit Mädchen. Rebbi und Gunni ärgern damit Finnur, der, die Haare mit Wasser geglättet, in der Küche mit Birna spricht. Er quatscht mit Mädchen. Aber durch das Stimmengewirr, in dem man sein eigenes Wort nicht versteht, höre ich, daß deine Mutter sich wie ein Traktor nähert. Sie klatscht in die Hände. Alle hinsetzen! Hebt die Hände aus dem kurzärmeligen Kleid und klatscht wie Paukenschläge. Alle hinsetzen!

Die Stellung der Mädchen bei Geburtstagsfeiern

Alle hinsetzen!

Ein stoppelköpfiges Jungsgedrängel springt auf die Füße; wie eine Rinderherde prescht es über das Linoleum.

Die ganze Wohnung gerät ins Zappeln. Fast verheddern sich die Trevirahosenbeine, und die Köpfe wechseln die Hälse.

Alle hinsetzen!

Óli. Deine Mutter im kurzärmeligen Kleid klatscht in die Hände; hinter ihr zieht ein unsichtbares Blasorchester auf, das Cola-Flaschen in die Luft malt.

Alle hinsetzen!

Genauso, wie wenn beim Bingo »Bingo« gerufen wird; genauso klirren die Worte durch die Wohnung.

Ja, dies ist der Schlachtruf der Mütter in der Stadt – Alle hinsetzen! –, der die Nation am Leben erhält, die sonst hilflos auf dem Sofa liegen und sich die Fußnägel abnagen würde. Schließlich erzielt dieser Schlachtruf jedesmal Erfolg, wenn die Familien sich um den Eßtisch versammeln.

Ja, lieber Leser, nenne mir eine Neuigkeit, die sich schneller verbreitet, ausgenommen vielleicht die Ergebnisse der Fußball-Liga, als Bekanntmachungen vom Mitteilungsdienst der Hausfrauen.

Ja, das frage ich mich hier vor der Wohnzimmertür, wo ähnlich viel Betrieb herrscht wie an einer Haltestelle, wenn alle glauben, sie kämen nicht mehr in den Bus. Unmittelbar vor mir stecken drei Jungs im Türrahmen fest. Der fremde Cousin aus der Weststadt ist darunter. Doch schließlich strömen die Jungs in einer Reihe hindurch, ein stoppelköpfiges Jungsgedrängel, das gerade vor kurzem auf die Füße gesprungen war, strömt durch die Wohnzimmertür.

Óli.

Jetzt glaube ich, daß dich die Engel im Himmel beneiden. Und alle Prinzessinnen aus den Kindermärchen wünschen sich, neben dir zu sitzen. Ja, obwohl du so eine Beule auf dem Kopf hast.

Tortenstimmung erfüllt die Wohnzimmerluft.

Aus den Servietten entweichen grüne Rentiere.

Ich versuche, einen Platz in der Mitte zu ergattern. Ich schubse irgendeinen zur Seite und packe ein Glas, sodaß es unweigerlich zerbrechen würde, wenn er versuchen wollte, mich zu schlagen. Ehe ich mich versehe, sitze ich schon.

Mir gegenüber hängt Thingvellir an der Wand. Und seitlich von Thingvellir heiraten deine Eltern. Birna ist im Bauch deiner Mutter, unsichtbar unter dem Hochzeitskleid. Unter dem Hochzeitsbild aber bist du, Óli, neugeboren, mit der Sonne im Zeichen der Jungfrau und Merkur auf dem Weg zur Waage, ohne Zähne und Haare in irgendeinem Fotostudio der Stadt. Anderswo an der Wand hängt Birna auf einem Bild mit der goldenen Signatur des Fotografen in der rechten Ecke.

Kaum haben alle Platz genommen, da kommen eisgekühlte Cola-Flaschen auf dem Fließband mit deiner Schwester Birna herein. Jemand fragt dich flüsternd, Óli, ob jeder eine oder zwei haben kann. Aber das weißt du nicht. Du kratzt bloß deine Beule, während Birna die Flaschen wie Flugblätter über den Tisch verteilt.

Den ganzen Tag durfte Birma mit einer Schürze in der Küche sein. Sie hat dabei geholfen, Sahne aus einer kolbenförmigen Sahnespritze mit Gummipimmel auf die Torten zu spritzen. Sie hat rosa Kerzen in die dunkelbraune Schokolade gesteckt und das Rührgerät mit den unvermeidlichen Radiostörungen in Betrieb gesetzt. Gelegentlich hat Birna von der Sahne geschleckt, hat die Zunge um die Spitze des Sahnekolbengummipimmels spielen lassen und sich vielleicht heimlich Sahne in den Mund gespritzt.

Birna ist so geschickt im Tischdecken, daß sie schon früh einen Hausfrauenhintern bekommen hat, der ihre grüne Stretchhose ausfüllt. Ihre Hände schwingen um den Festtisch mit einem kompletten Sommerhotel auf den Fingerspitzen. Fehlt noch etwas, fragen ihre Augen, den Tisch prüfend.

Jetzt, da Birna alle Cola-Flaschen ordentlich vor uns auf den Tisch gereiht hat, ist sie willkommen in der Küche, um auch etwas zu essen und zu trinken. Nicht direkt, weil es am Festtisch keinen Platz geben würde. Nicht etwa, weil ihr Hintern zu breit für die Stühle wäre. Nein, nein – nicht deshalb. Sondern, weil sie als Mädchen auf dieser Party nichts verloren hat. Sie ist nämlich nicht zu deinem Geburtstag eingeladen, Óli. Vor einem Jahr, als du Geburtstag feiertest, hast du verlangt, daß sie solange ins Schwimmbad geht. Ja, ich behaupte, ich, Jóhann Pétursson, könnte ebensogut damit anfangen, Gesellschaftstänze zu lernen oder den Freimaurern beizutreten, wenn Mädchen sich an einem Geburtstagstisch in unserer Straße niederlassen würden.

Und jetzt sag ich euch eins: Der einzige Junge in unserer Straße, der Mädchen zu seinem Geburtstag einlädt, ist Bjarni in Nr. 8. Schließlich hat Jón glaubwürdig berichtet, daß er rosa Unterhosen trägt und nacktärschige Puppen mit ins Bett nimmt. Und ich weiß außerdem, daß er immer die Anziehpuppen von den Haferflockenpackungen ausschneidet, obwohl er keinen Haferbrei mag. Wenn erst Mädchen zum Jungsgeburtstag auftauchen, würde ich, Jóhann Pétursson, aus Protest mit einer rosa Schleife auf dem kurzgeschorenen Kopf erscheinen …

Óli.

Deine Schwester ist nämlich nur dabei, weil sie den gleichen Wohnsitz hat wie du.

Lieber Jóhann, du nimmst gar nichts, was kann ich dir anbieten?

Ich schrecke aus meinen Gedanken über die Stellung isländischer Mädchen bei Geburtstagsfeiern auf. Über mir befindet sich das riesige Gesicht deiner Mutter und bietet mir Torte an.

Nu-nur von die-dieser braunen, stottere ich leise in einen der Knöpfe meines Nyltesthemdes hinein. Ich habe Todesangst, daß deine Mutter gehört haben könnte, was ich gedacht habe.

Während ich Cola in mein Glas gieße, fühle ich die gemusterten Eisrosen schmelzen. Den braunen Kuchen löse ich in der eiskalten Cola auf, die ich durch ein grünes Röhrchen sauge.

Jetzt bläst Óli mit hervorquellenden Augen und Luftballonbacken die rosa Kerzen aus, die Birna in die Schokolade gesteckt hatte – eins, zwei, drei, vier, fünf, sechs, sieben. Während du dich über die Kerzen beugst, Óli, gafft die Beule über den Tisch, riesig mit einem lila Nippel obendrauf; ja, sie ist wie ein Auge, das über den Tisch schaut. Die Luft füllt sich mit Zimmermannshämmern.

Es herrscht Ruhe.

Nun warte ich, Óli, einen Augenblick lang in der kerzenrosa Stille am Geburtstagstisch, daß Jón und Finnur dich fragen, wie du an diese Beule da auf deinem Kopf gekommen bist.

Na, Óli, biste gefallen?

Nie war die Beule sichtbarer; und natürlich müssen die beiden im Chor danach fragen, gerade als ich ein enormes Stück braunen Schokoladenkuchen in mich hineinstopfe.

Na, Óli, biste gefallen?

Die Beule spielt frei in der Luft, und ich spüre, wie ich schlucke, bevor ich den Kuchen richtig im Mund habe. Und gleichzeitig fange ich zu sprechen an, ohne zu wissen, was ich sagen will.

Die Worte sprudeln nur so aus mir heraus, und der halbe

Kuchen drückt sich durch meine Nase. Alles um mich herum schweigt. Sogar die Stille. Sie schweigt.

Jetzt nützt es nichts zu sagen: Ene mene Mopel, wer frißt Popel, oder so. Nein, das nützt nichts; stattdessen breche ich in wildes Gelächter aus und sage, daß ich einen Jungen kenne, der ein Furzkissen besitzt.

Ein Furzkissen, ja, ein Furzkissen.

Es kann so laut furzen, daß man es im ganzen Block hört, sage ich und furze mit dem Mund.

Óli.

Nur die Reihe, die deiner Mutter den Rücken zuwendet, lacht. Aber deine Mutter, die mit weiterem Kuchen hinter mir steht, sieht mich an, als hätte ich ihr ins Gesicht gefurzt.

Das Lachen bleibt mir im Hals stecken. Mein Lachen fällt auf den Boden. Dort stirbt es auf dem Teppich und erhebt sich frühestens nach drei Tagen wieder. Ich werde rot im Gesicht. Ich spüre meinen Kopf wie ein Feuerwehrauto glühen.

Ich muß etwas sagen.

Ich muß etwas sagen.

Ich fange an, über die Aufziehmäuse im Spielzeuggeschäft zu sprechen, bis Jón, der seine Piratenklappe immer noch nicht gefunden hat, mir ins Wort fällt und den Mund voller Sahne heftig sagt:

Da-da ist eine Menge Spielzeug aus dem Geschäft geklaut worden, ein ganzer Stapel, soo ein Haufen ... Jón breitet seine Arme aus.

Mein Bruder arbeitet in der Bäckerei – und ...

Ich fühle mein Herz klopfen.

Ich schnelle fünf Kapitel in dieser Geschichte zurück und ertappe mich auf frischer Tat; ich stehle Spielsachen, während der Spielzeughändler mit der grauen Strickweste im Schaukelstuhl schläft.

Um mich herum am Geburtstagstisch grassiert der Diebstahl weiter, während Cola durch grüne Röhrchen in die Münder strömt, die sagen: ist gestohlen worden ... jemand hat gestohlen... stehlen stahl ... wer war das... du du du... ene mene mu...

Ich für meinen Teil bevorzuge ein Gespräch über den Diebstahl im Spielzeugladen, anstatt über die Beule auf deinem Kopf zu sprechen, Óli, denn naturgemäß ist der Diebstahl ein wesentlich unpersönlicheres Thema als die Beule, die mich wie ein Auge anschaut.

Doch erst als Jón sagt, daß sein Bruder, der pockennarbige Bäcker, genau gesehen hat, wer es war, ja, erst als Jón das sagt, verschlucke ich mich am Kuchen. Ich huste braune Kuchenbrocken über das weiße Tischtuch.

Alle schweigen.

Jón schaut mich mit scharfem Blick an, als hätte er einen automatischen Bleistiftspitzer im Kopf. Und meine Augen erst. Sie streben auseinander, zielen in verschiedene Richtungen, so daß ich gleichzeitig Jón direkt in die Augen und aus dem Fenster an der Seite schaue. Ich bilde mir ein, wie die Unschuld in Person auszusehen, obwohl meine zitternden Knie das ganze Haus erschüttern.

Im Flur ist das Ding-dong der Türklingel zu hören. Die Polizei kommt, die Polizei kommt. Jón dringt in meinen Kopf ein. Die Polizei kommt. Alle springen auf die Füße. Ja, Oli, genau um diese Zeit kommt gewöhnlich dein Onkel von der Polizei.

Herzklopfen auf der Klobrille

Alle stehen auf, springen auf die Füße und stürmen los. Kleine weiße Pfeile, Nyltesthemden ohne Schlips, schießen durch die Luft.

Das Gedrängel beim Hinauskommen ist genauso groß wie vorhin beim Hereinkommen.

Ich stehe als letzter auf.

Ich fühle mein Herz pochen.

Ich schaue über den Geburtstagstisch. Keiner hat seine Colaflasche zurückgelassen, außer denen, die sie schon ganz ausgetrunken haben, doch alle haben sie eine der Pfirsichhälften auf dem Teller übriggelassen, mit denen Birna so säuberlich die Torte dekoriert hat.

Ich stehe als letzter auf und nehme meine Colaflasche mit. Da sehe ich: in der Colaflasche hat sich braune Pampe abgesetzt. Auf dem Flaschenboden verbinden sich isländische Backkunst und internationale Limonadenproduktion auf das herzlichste mit –höchstwahrscheinlich – meiner Spucke. Ich gebe bekannt: Mein grüner Strohhalm ist abgeknickt. Als ich am Flaschenhals nippe, fließt mir die braune Pampe in den Mund, in meiner Cola vereinigen sich Weltkultur und Volkstümlichkeit.

Ich stehe als letzter auf.

Ich gebe mir Mühe, ebenso eifrig zu sein wie die anderen; genaugenommen bin ich sogar ebenso eifrig wie sie.

Aber meine Beine.

Was ist bloß mit meinen Beinen passiert?

Sie sind schwer wie Hantelgewichte.

Auch wenn ich der stärkste Mann der Welt wäre, könnte ich mich selbst nicht aufrecht halten.

Ich schleppe mich vorwärts.

Óli.

Natürlich will ich ganz genauso deinen Onkel von der Polizei sehen, ja genauso, wie ich hoffe, daß er mich auch sehen will. Einmal, als ich zusah, wie er auf dem Sportplatz den Diskus warf, sind meine Augen dem Diskus hoch, hoch in die Luft gefolgt. Ja, so weit, bis er einen Vogelschwarm zerriß.

Und ich habe ihn mit goldenen Kettchen und einer Trillerpfeife gesehen. Da war er Polizist in Uniform, mit einer Dienstnummer auf der Brust. Einmal haben wir uns hingeschlichen und die weiße Dienstmütze anprobiert, die er auf dem Telefontischchen abgelegt hatte, als er mit deiner Mutter Kaffee trank. Wir haben sie schnell wieder zurückgelegt, denn wie du weißt, lieber Leser, hausen in einer Polizeimütze Geister, aus den Schweißtropfen entsprungen, die sich in den Geheimratsecken von Polizisten mittleren Alters sammeln. Doch später dann, lange nachdem wir die Dienstmütze vom Telefontischchen genommen haben, ist dein Onkel bei der isländischen Polizei derart im Rang gestiegen, daß er kaum noch weiß, ob sein Siegerpodest auf der Polizeiwache oder draußen auf dem Sportplatz steht. Ja, es kann einem vorkommen, als sei er mitsamt seinem Diskus durch die blaue Luft geflogen, denn die Trillerpfeife, die Dienstmütze, die goldenen Kettchen – all das ist von seinem Körper verschwunden.

Stattdessen trägt er ein hellgraues Wolljackett und schwarze Trevirahosen. Das ist die Uniform der Kriminalpolizei, was man aber nicht merken soll, weil die Kripo so viel mit dem Kopf arbeitet und infolgedessen innerlich uniformiert ist. Die Uniform der Kriminalpolizei ist ebenso wie die Uniform der Schutzmänner vom staatlichen Schneider kreiert worden, der die Polizeikleidung aus aller Welt studiert hat und der gerade jetzt, wie es in den neuesten Nachrichten heißt, einen Lederoverall für die Motorradtruppe entwirft.

Kriminalbeamte sind in ihren hellgrauen Jacketts und den schwarzen Trevirahosen bei Tageslicht kaum zu erkennen. Ja, von der Kluft her könnte die halbe Nation aus Kriminalbeamten bestehen. Allerdings trägt dein Onkel von der Polizei einen goldenen Stern unter dem Jackett, einen goldenen Stern, den er sich gemäß internationaler Sicherheitsvorschriften durch eine der Brustwarzen steckt. Auf diese Weise ist er nicht ganz incognito, obwohl er im Verborgenen agieren kann. Zumindest weiß er selbst, wer er ist. Und andere Polizisten in der Stadt, etwa ein Schutzmann auf der Straße, können ihn an der Ausstrahlung erkennen, die der Kugelschreiberreihe in der Brusttasche seines grauen Wolljacketts entströmt, oder an gewissen Seitenblicken, die Staatsgeheimnis sind.

Mit dem Stern aber, dem goldenen Stern, kann dein Onkel einfach jeden festnehmen. Außerdem gilt er als Eintrittskarte für das Theater. Wenn ich so einen Stern hätte, würde ich laufend jemand festnehmen. Vor zwei Minuten hätte ich zum Beispiel Jón direkt in den Knast befördert.

Und das nicht ohne Grund, denn der Teufelsbraten Jón hat mich mit seinen Augen attackiert. Ich fühle mich wie ein ausgestopfter Vogel im Glaskäfig, kann mich nicht rühren. Ich streue das Prickeln meiner eingeschlafenen Füße an die Wände. Mit dem Gewicht der Hanteln unter den Fußsohlen kann ich mich kaum bewegen. Ich schleppe mich mit Mühe und Not vorwärts.

Als ich schließlich in den Flur komme, ist er bereits voll bis zur Kellertür. Jetzt erkenne ich, daß Gylfi und ich besser alle Schuhe im Heizungskeller versteckt hätten, denn die Füße der großen Jungs verfangen sich in ihnen. Hinter der matten Scheibe der Kellertür erkennt man die Umrisse eines großen Wesens, das fast die gesamte Scheibe ausfüllt.

Das ist dein Onkel von der Polizei.

Das ist dein Onkel von der Polizei.

Die Luft vibriert. Die Spannung, die Erwartung, daß jemand die Tür öffnet, bewirkt, daß man völlig vergißt zu öffnen.

Endlich, endlich.

Óli streckt sich nach dem Riegel, und mannohmann streicht es wie ein Hauch über die kleinen Köpfe, mannohmann, und nicht grundlos, weil dein Onkel keineswegs allein auf der Kellertreppe steht. Bei ihm befinden sich drei Polizeibeamte, alle in Uniform, mit Kettchen, Trillerpfeifen und Dienstnummern auf der Brust.

Das Herz rutscht mir in die Hose; sie sind gekommen, um mich abzuholen, Säi kamming tu täjk mih ewäj, wehrlos im Nyltesthemd. Was soll ich tun, wenn sie mich in Ketten legen?

Sie sind gekommen …

Ich ahne, daß der Spielzeughändler mit der grauen Weste in seinem Auto vor dem Haus wartet. Der pockennarbige Bäcker wird als Zeuge herangezogen. Jón hat mich verpfiffen, ja, per Gedankenübertragung durch das Kudo-Glas im Wohnzimmerfenster, gerade eben, als wir Kuchen aßen.

Sie sind gekommen, um mich abzuholen.

Die einzige Fluchtmöglichkeit ist das Klo. Dorthin fliege ich, wehrlos im Nyltesthemd, schließe die Tür und riegele ab. Ich fühle mein Herz klopfen wie bei einem, der ausbrechen will. Ich löse den Gürtel, knöpfe die Hose auf, lasse sie hinuntergleiten und hieve mich auf die Klobrille.

Über meinem Kopf hängt ein Kronleuchter.

Die Decke im Klo, tief wie ein Spiegel, reflektiert jeden Nerv meines Körpers.

Über der Badewanne hängen Nylonstrümpfe zum Trocknen. Und draußen auf dem Flur – da warten drei Polizisten mit offenen Handschellen. Dein Onkel von der Polizei wird wahrscheinlich direkt anfangen, mich zu verhören, ja sofort, ehe er mich dem schwer atmenden Spielzeughändler in der grauen Weste übergibt. Bei der Gerichtsverhandlung wird mir außerdem vorgeworfen werden, daß ich versucht hätte, dich, Óli, mit dem Zimmermannshammer umzubringen.

Sie sind gekommen, um mich abzuholen.

Jemand drückt die Klinke der Klotür herunter.

Ich höre Stimmengewirr.

Mit den Hosen auf den Hacken und den Arschbacken im Freien stehe ich auf, ziehe den Schlüssel aus dem Schlüsselloch und spähe mit einem Auge hindurch; es hat die Form eines langen Flures.

Da erscheint ein Schatten vor dem Schlüsselloch. Wieder wird der Türgriff heruntergedrückt. In der Hoffnung, dann besser zu sehen, drücke ich mein Auge ganz dicht an das Schlüsselloch. Plötzlich verschwindet der Schatten. Er verschwindet, und ein Auge erscheint im Schlüsselloch. Direkt gegenüber meinem Auge.

Ich schrecke in Richtung Klosettbrille zurück. Ich fühle die Scheiße nach unten drängen. Gerade als ich sitze, hält sie vor dem Arschloch inne.

Ich drücke. Ich verziehe das Gesicht. Jói, der Verrückte, saß auf'm Topf und drückte, drückte bis der Topf zerbrach und die Wurst daneben lag.

Vor der Tür lacht dein Onkel von der Polizei: ich erkenne ihn am Lachen. Er hat so ein Troll-Lachen, das seinen ganzen Brustkorb in Bewegung bringt.

Ich höre auch die drei Polizisten, die dein Onkel die drei Kerle nennt; ja die Kerle, sie sind eigentlich im Dienst.

Im Dienst, echot es im Klo spiegeltief.

Mir kam plötzlich die Idee, sie mitzubringen.

Ja, selbstverständlich, kommt herein, sagt deine Mutter.

Die mannohmann-Stimmung hängt immer noch unter der Decke. Mannohmann, drei Polizisten und dein Onkel von der Polizei.

Sie tun gar nichts. Sie haben bloß Dienst, tun rein gar nichts, sagt dein Onkel.

In dem Moment, als die Worte deines Onkels durch das

Schlüsselloch fallen, reißt mir ein großes Stück Scheiße ein Loch in den Hintern mit dem gleichen Geräusch, wie wenn sich in einem Horrorfilm eine knarrende Tür öffnet.

Und plumps.

Eiskaltes Wasser klatscht hoch gegen meine Arschbacken.

Und mein Herz, was ist damit passiert?

Es hat ganz zu pochen aufgehört.

Es sitzt in mir wie ein ruhiger Mann in einem Schaukelstuhl.

Ich stehe auf und spüle. Mit der Scheiße wandert die Angst durch das intimste Rohrsystem der Stadt. Ich habe keine Angst mehr. Ich spüre, wie die Angst mit einer Ratte schmust, weit hinausschwimmt in die grenzenlose Freiheit des eiskalten Meeres.

Ich stehe auf.

Frisch abgewischt trete ich hinaus ins Leben durch die Tür, die der Schlüssel öffnet. Dort stehe ich auf dem Flur. Leichter als eine Daunendecke schwebe ich mit unsichtbaren Ballettschritten durch die Luft, wie ein fliegender Drache. Nicht einmal vor Jón habe ich Angst.

Die rote Popcornschüssel

Óli.

Als ich aus dem Klo komme, sehe ich, daß dein Onkel von der Polizei dir zwei Skistöcke zum Geburtstag geschenkt hat, vermutlich, um dir das Aufstehen zu erleichtern, oder damit dein Kopf keinem Zimmermannshammer in die Quere kommt.

Óli.

Ich sehe dich schneeweiße Berge durchfurchen.

Ich sehe dich an einem Reisig über dem Abgrund schweben. Die Ski baumeln frei in der Luft an deinen Füßen.

Unter dir der Ozean.

Dein Gesicht von Angst entstellt.

Ich nahe in der Tarzantigerhose auf meinem Wellenflitzer. Brillantinefrisiert lasse ich meine Sonnenbrille zwischen den Fingern spielen.

Als du das Ästchen fahren läßt, bin ich schon aufs offene Meer hinausgeschossen.

Hahaha.

In der Küche platzen schon die Maiskörner.

Popcorn Popcorn.

Birna macht Popcorn.

Ich drücke mich an zwei Jungs vorbei, die voll damit beschäftigt sind, einen Comic über Superman, den letzten Sohn Kryptons, zu lesen. Sie merken gar nicht, daß ich, der allerletzte, jetzt schon fünfter in der Reihe bin.

Aber da habe ich mir keinen Gefallen getan, denn als die Reihe an mich kommt, ist das Popcorn fast alle. Für mich bleibt nur das Grobe vom Topfboden, während die Kryptonfans darauf warten, daß frische Maiskörner im Topf zerplatzen, mit den gleichen Funkenstößen und Raketenschweifen, die Lex Luthor im Verein mit vier ausgeflippten Wissenschaftlern bemüht hat, um die Superman-Heftchen zusammenzubasteln.

Während ich das Popcorn aus dem ungeplatzten Mais herauspicke, verwandelt sich mein Kopf in eine Körnerpistole. Die Maiskörner auf dem Boden der Schüssel werden zu meiner Waffe im Kampf um die Weltherrschaft. Wie kleine Granatäpfel stopfe ich sie in meinen Mund.

Gylfi sitzt bei dir im Zimmer auf dem Bett, Óli. Er zieht den Rotz hoch und betrachtet die Taubenbildchen, die du von Jón bekommen hast. Gylfi bietet ein so günstiges Ziel da auf deinem Bett, daß ich ihn im Stillen zum Erzfeind der Menschheit erkläre, mit Augen, so groß wie die Fenster des Finanzamtes; ja, Gylfi übertrifft sogar Lex Luthor, wie er so dasitzt und die Tauben betrachtet – unterdessen werde ich zum Superman, im weißen Nyltesthemd, mit gelben Körnern als Waffe. Ja, meine Strategie ist so einfach, daß ich Maiskörner benutze, denn ich bin nicht dazu in der Lage – wie Superman in der Realität – meine Augen in eine Laserpistole zu verwandeln.

Ich setze mich Gylfi gegenüber. Ich tue, als läse ich einen Comic, während ich das Salz von den Maiskörnern ablutsche. Dann spucke ich: eins – zwei – drei; die Körnerprasseln auf Gylfis Stoppelkopf, als befände er sich mitten in einem Luftangriff. Ich dagegen sitze wie ein seelenruhiger, gebildeter Mensch da, mit einer roten Schüssel vor mir, und tue, als läse ich Hamlet, der plötzlich aus einem der Comics herausspringt. Ja, mein Comic ist klassische Literatur, über Hamlet, Prinz von Dänemark.

Gylfi ist so schwer von Begriff, daß er nicht kapiert, woher die Körner kommen. Wahrscheinlich hält er sie für Hagelkörner und glaubt, das Dach sei undicht, denn jedesmal, wenn ihn ein kleines, gelbes Maiskorn trifft, sieht er nach oben.

Ich stehe auf und ziehe die Gardine zurück. Eine Ratte eine Ratte, rufe ich, und schleudere das Hamletheftchen weg.

Während dein Onkel von der Polizei und die drei Schutzmänner im Wohnzimmer beim Kaffee sitzen, fliegt das Popcorn in der Wohnung herum. Schneeweiß vermischt es sich mit dem Kreischen der Jungs, die wie Möwen von Zimmer zu Zimmer schwirren.

Ich habe mich noch nicht ganz vom Hamletheftchen gelöst, obwohl ich es weggeworfen habe, denn ich muß mich an Jón rächen, genauso wie Hamlet am König. Ich muß nur eine passende Gelegenheit abwarten, mit der Popcornschüssel in der Hand. Denn ich, Jóhann Pétursson, bin der Ansicht, daß Jón versucht hat, mich mit seinem Blick mattzusetzen; außerdem hat er mich des Diebstahls bezichtigt, als er sagte, sein Bruder, der pockennarbige Bäcker, hätte den Dieb gesehen, weil der Dieb ...

Óli.

Dein Zimmer ist voller Jungs. Kopf an Kopf an Kopf und Beine und alles. Stoppelköpfig stehe ich in der Tür mit der Popcornschüssel in der Hand und überdenke die gesamte Situation. Jón hockt mit Finnur auf dem Boden, wo sie den gestiefelten Kater zusammenpuzzeln. Überall sind brummende Jungs beim Autospiel.

Garđar kommt auf einem der Skistöcke ins Zimmer geritten. In dem Moment, wo ich ihn sehe, erkenne ich schlagartig meine Chance. Im Gegensatz zu Hamlet erschüttert mich kein Zweifel. Blitzschnell stülpe ich die rote Popcornschüssel über Jóns Kopf, wunderbar frei von traditionellen Vorstellungen von Edelmut.

Jón wird wild.

Jón flippt aus.

Der gestiefelte Kater gerät außer Rand und Band.

Jón rast, weil er die Popcornschüssel nicht vom Kopf bekommt. Sie sitzt so fest wie die Augenbinde eines Todeskandidaten.

Knurrend geht Jón auf den fremden Cousin aus der Weststadt los, von dem niemand weiß, wie er heißt. Jón geht knurrend auf ihn los und rammt ihn mit der roten Schüssel.

Der fremde Cousin wird ebenfalls wild. Er ist genauso rasend wie Jón.

Jón fetzt alle Knöpfe von dessen Hemd, und der fremde Cousin aus der Weststadt fängt an zu weinen.

Er schmeißt sich auf die Decke, die auf deinem Bett ausgebreitet ist, Óli, und strampelt mit den Beinen in der Luft. Jón macht einen Schwimmzug in der Luft und wirft sich über ihn.

Die anderen, die auf dem Bett sitzen, springen auf den Boden. Ich und Garđar reiten wiehernd auf den Skistöcken aus dem Zimmer, wiehern, trabtrabtrab, bis ins Wohnzimmer, wo wir für die Polizisten wiehern, die am Geburtstagstisch Kaffee trinken.

Üh-hü-hü-hü. Wir wiehern für die Polizisten, und die Polizisten lachen. Ja, die Polizisten lachen, bis auf deinen Onkel, Óli. Er lacht nicht.

Nein, dein Onkel lacht nicht. Er bewegt nur seinen Unterkiefer über der Kaffeetasse und sieht aus, als spielte er in einem kaltblütigen Film mit.

Paßt auf die Spitze auf, sagt er, ihr könnt euch daran verletzen. Ihr solltet lieber selber Pferd spielen und aufeinander reiten. Ja, wir passen auf die Spitze auf, sie könnte uns verletzen – selber Pferd sein – und aufeinander reiten – reiten!!

Lachen zerreißt unsere Gesichter.

Trabtrabtrab, wir reiten weiter erhitzt auf dem Skistock durch die Zimmer.

Óli.

Während wir in dein Zimmer geritten kommen, zerren Jón und der fremde Cousin aus der Weststadt deine Bettdecke hin und her. Sie haben das ganze Bett zerwühlt, so daß deine orangerote Gummiunterlage zum Vorschein kommt.

Jetzt können sich alle leicht ausrechnen, Óli, daß du ins Bett machst, und dich damit aufziehen. Ich, Jóhann Pétursson, pinkele zwar auch ins Bett, aber...

Die Bettdecke zerreißt, und die Federn stieben umher. Im Kreis um die Prügelei in deinem Zimmer, Óli, haben sich alle Geburtstagsgäste aufgereiht. Da stehen sie rundum und blicken in die Löwengrube. Ab und zu wird Popcorn über die beiden Bestien, Jón und den fremden Cousin aus der Weststadt, geschüttet; letzterer verkörpert ohne es zu wissen, aber überzeugend, den geborenen Gladiator.

Das Interesse an den Bestien läßt nach, als Gylfi in der Tür erscheint. Denn Gylfi hat sich ein Würstchen, ein rotes Würstchen, in den Hosenschlitz gesteckt und tut so, als würde er das Zimmer vollpissen.

Juhu, es gibt Würstchen.

Alles stürzt in die Küche, wo Birna in einer Schürze steht und rote Würstchen aus einem großen Topf fischt. Alle stürzen sich auf die Würstchen, ja alle außer Jón und dem fremden Cousin aus der Weststadt. Die beiden scheinen sich nämlich gegenseitig in Würstchen verwandeln zu wollen, wie sie sich da auf dem gefederten Fußboden wälzen.

Ich hole mir ein Würstchen.

Ich esse das Würstchen und betrachte die Schlägerei – tolles Leben. Ich komme mir vor wie ein echter Typ aus der Kaserne der Amis. Mir fehlt bloß die Schnapsbuddel hinterm Hosenbund und ein paar kleine Jungs, die mich um Colaflaschen anbetteln, um ein echter Typ aus der Kaserne zu sein.

Gylfi, sage ich, guck mal, der Schlüssel; sollen wir – sollen wir sie einschließen?

Das Wort Ja springt mich aus Gylfis Augen an, ohne daß er es aussprechen müßte.

Gylfi streckt sich nach innen zum Türschloß, zieht den Schlüssel heraus und schließt dann ab. Er will mir den Schlüssel geben, aber ich wehre ab: Nein, steck ihn in deine Hosentasche. Mei-meine hat Löcher.

Gylfi steckt den Schlüssel in seine Hosentasche.

Als die Bestien in der Löwengrube entdecken, daß sie mit ihrer Prügelei ganz allein sind und daß die Zimmertür zu, ja sogar abgeschlossen ist, werfen sie sich in lautstarkem Duett an die Tür, treten sogar dagegen und brüllen so laut, daß die ganze Wohnung erzittert und bebt. Die Polizisten im Wohnzimmer kippen den Kaffee hinunter, und deine Mutter, Óli, stürzt auf den Flur. Gylfis Hände zittern so stark, daß er beginnt, mit den Händen zu stottern. Er kriegt den Schlüssel nicht aus der Hosentasche heraus.

Gylfi weiß nicht, was er mit sich anfangen soll, als deine Mutter auftaucht.

Was ist hier eigentlich los? fragt sie.

Aus dem Zimmer verkünden die Bestien durch Fausthiebe, daß man sie in den Käfig eingeschlossen hat.

Sie sind ganz plötzlich ausgerastet, sage ich.

Wir sind eingeschlossen, wir sind eingeschlossen, ist zweistimmig durch die Tür zu hören.

Wo ist der Schlüssel? fragt deine Mutter scharf und schaut sich um, mit jedem Augenblick schärfer, so scharf, daß sich ihre Nasenlöcher blähen. Fast fürchte ich, daß sie sich in einen Elefant verwandelt.

Der Schlüssel – hat jemand den Schlüssel genommen? Ich schaue mich um.

Gylfi läßt den Kopf hängen und glotzt auf den Boden, während er mit seiner Hand, die aufgehört hat zu stottern, in die Tasche seiner Trevirahose fährt. Daraus zieht er den Schlüssel hervor.

Deine Mutter reißt den Schlüssel an sich und steckt ihn in das Schlüsselloch, während Gylfi, roter als ein roter, englischer Apfel im Lebensmittelgeschäft, irgendetwas daherstottert, was keiner versteht.

Ich haue schnell ab.

Tanzschritte der Ringkampfkönige

Eher um Jón zu beschwichtigen, ja im Grunde mit dem Vorsatz, ihn zu bestechen, betrete ich das Zimmer.

Ich gehe auf ihn zu und reiche ihm einen roten Würstchenhappen, während er auf deinem Bett hockt, Óli, stöhnend in seinem knopflosen Hemd nach der Prügelei.

Ja, eher um mich mit Jón auszusöhnen, fange ich an, die Knöpfe vom Boden aufzulesen. Jetzt ist es am besten, ihn auf meiner Seite zu haben, wo er hier im Zimmer sitzt und stöhnt und seine Rippen fast ebenso vom Körper wegstehen wie die Ohren von Rebbi. Der kleine, rote Würstchenhappen soll mir seine Freundschaft auf diesem Geburtstag hier erhalten, damit er nicht in Gegenwart der Polizisten von einer Menge gestohlener Spielsachen zu plappern anfängt.

Morgen besteche ich ihn vielleicht mit einem Anteil am Diebesgut; ja, ich werde Jón die drei Entchen geben, die Baß, Klavier und Schlagzeug spielen. Aber morgen ist morgen.

Jetzt stehe ich hier mit einer Handvoll Knöpfe vor Jón.

Bald dürfen wir die Muskeln von Ólis Onkel befühlen, sage ich, und fange an, Staub von Jóns Rücken abzuklopfen.

Jetzt tritt deine Mutter ins Zimmer, Óli. Sie trägt eine graue Schlange um den Hals und den Staubsauger in der Hand.

Euch kann man kaum ins Haus lassen. Ei-eigentlich müßtet ihr das Federbett ersetzen. So, und jetzt gebt mir Hemd und Knöpfe. Ich werde sie nachher wieder annähen. Euch-euch kann man kaum ...

I-ich habe nichts gemacht, sage ich und schlage meine Augen auf, fest überzeugt, daß sie blau und unschuldig aussehen, ich reiße sie auf, so weit es geht.

Oh, ihr seid einer wie der andere, man kann nie... Also, hopp, macht schon, raus mit euch.

Jón läßt das knopflose Hemd liegen, und wir machen, daß wir rauskommen.

Sie ist total verrückt, sage ich.

Und während wir so auf dem Flur stehen, deutet nichts darauf hin, daß Jón etwa kapiert hätte, daß ich es war, Jóhann Pétursson, der die rote Popcornschüssel über seinen Kopf gestülpt hat, aus Rache für den Blick, den er mir über den Geburtstagstisch zugeworfen hat; im Anschluß an das Gespräch über das verschwundene Spielzeug aus dem Spielzeuggeschäft, Óli, das unterbrochen wurde durch die Fingerspitze deines Onkels, die auf den Klingelknopf drückte. Nichts deutet darauf hin, denn Jón sagt:

Er hat angefangen, und ganz offensichtlich meint er den fremden Cousin aus der Weststadt.

Ja, sage ich, er ist sicher ein Scheiß-Weststadt-Bolzer, so ein Esel mit Zebratrikot.

Im Wohnzimmer vibriert die Luft vor Erwartung, denn nach dem gewohnten Ablauf von Kindergeburtstagsfeiern müßte jetzt allmählich die jährliche Muskelparade des Onkels von der Polizei beginnen.

Aber was ist denn los?

Ist die Muskelparade des Jahrhunderts vom Programm abgesetzt, hat dein Onkel von der Polizei Muskelschwund, Óli? – denn als fünf Jungs in ihren weißen Nyltesthemden gerade seinen Oberarm befühlen wollen, stellt dein Onkel die geblümte Kaffeetasse hin und sagt:

Alle nach vorn, alle nach vorn.

Schwindel, Betrug, blitzt es aus den Gesichtern der Jungs, totaler Beschiß.

Verdammter, verfluchter Mist...

Fast sprengt der Lärm die Diele, als dein Onkel von der Polizei mit einem Stuhl aus dem Wohnzimmer kommt.

Ruhe.

Dein Onkel von der Polizei setzt sich auf den Stuhl. Ich beobachte, wie sich seine Kiefer vor- und zurückbewegen, wie in einem kaltblütigen Film, genau wie vorhin, als er Garđar und mich ermahnte, auf die Skistockspitzen zu achten.

Also dann, Jungs.

Dein Onkel sagt es über seine Schulter nach hinten:

Also dann; und ehe ich Luft holen kann, treten die drei Polizisten hintereinander durch die Wohnzimmertür.

Also dann, Jungs...

Zuerst denke ich natürlich, daß die drei Polizisten ihren Dienst antreten müssen, sie können es sich nicht länger leisten, hier herumzuhängen; jede Menge Leute in der Stadt müssen verhaftet werden. Aber nein, so ist es nicht, denn die drei Polizisten stehen ganz reglos da, fast schon feierlich, als ob ein Nationalheld Geburtstag feierte.

Es herrscht Stille, die dein Onkel unterbricht, indem er aufsteht. Bedeutungsvoll, die Kiefer in ständiger Bewegung, sagt er: Also dann, Jungs, hier seht ihr die drei stärksten Polizisten Islands – Ringkämpfer von Gottes Gnaden.

Óli.

Mir kommt der Gedanke, daß dein Onkel vielleicht einen Kinnhaken einstecken mußte, denn seine Kiefer mahlen ohne sichtliche Verbindung zu seinen Sprechorganen. Ja, das könnte passen, weil zur Zeit die Milchwagenfahrer in der Stadt streiken. In den Zeitungen wird berichtet, daß sie auf Polizisten einschlagen. Aber es könnte auch sein, daß ihn seine Frau mit der Teigrolle geschlagen hat, oder daß es ein Besoffener mit einer Flasche war. Ja, oder er hat sich einfach neue Zähne besorgt, weil man heutzutage sein Gebiß ebensooft wechselt wie die Reifen seines Autos. Fünf Gebisse zu besitzen ist ein Statussymbol.

Ja, die drei stärksten Polizeibeamten des Landes, wiederholt dein Onkel. Die ganze Nation könnten sie aufs Kreuz legen. Das heißt, mit denen fängt man besser keinen Boxkampf an. Ja, sie haben in der ersten, zweiten und dritten Runde die Feuerwehr besiegt – in der Endausscheidung im Armdrücken.

Die drei Polizisten verbeugen sich langsam und fahren gleichzeitig aus ihren Jacken. Ich persönlich zweifele nicht daran, daß sie die drei stärksten des Landes sind. Die Messingknöpfe klimpern, als die Polizistenjacken dort neben uns auf dem Stuhl landen.

Stille.

An der Wand entlang sitzen die Jungs in einer Reihe. Ich sitze in der Ecke, direkt neben mir sitzt Gylfi. Ganz drüben in der anderen Ecke steht Jón, aufrecht im Unterhemd. Ich beuge mich zu Gylfi hinüber und flüstere ihm ins Ohr:

Weißt du, Gylfi, ich glaube, die wollen jetzt mit den Pimmeln fechten.

I-hi-hi, macht Gylfi.

Gylfi ist wegen des Schlüssels, der in seiner Tasche war, nachdem wir Jón und den fremden Cousin aus der Weststadt eingeschlossen hatten, noch immer niedergeschlagen und betrübt. Im Geiste hält er eine Rede. Und verflucht mich.

Jetzt erscheint deine Schwester Birna in ihrer Schürze in der Diele. Ebensowenig wie wir anderen will sie die jährliche Muskelparade des Onkels von der Polizei verpassen. Doch ihr ist sicherlich ebenso klar wie uns anderen, daß die Show diesmal anders ablaufen wird.

Die drei Polizisten legen nicht nur die Jacken ab. Während einer von ihnen einen Schritt vor und dann zwei zurück geht, ziehen sich die anderen beiden weiter aus.

Mannohmann, sie ziehen sich aus, sie ziehen sich aus. Zwei der stärksten Polizeibeamten des ganzen Landes ziehen sich auf deinem Geburtstag aus, Óli. Mannohmannohmann, unter den schwarzen Hosen, unter den blaßblauen Hemden tragen sie Ringertrikots.

Óli, ich kann dein Gesicht vor Freude leuchten sehen, die

Beule auf deinem Kopf schmunzelt. Die Polizisten fangen an, sich zu drehen.

Ja, sie tanzen über den Boden, winden sich rauf und runter, schweben wie Schwäne in die Luft und halten sich gegenseitig fest. Sie halten sich gegenseitig und schweben, bis päng – einer von ihnen auf den Boden fällt.

Ja, ich kann euch sagen: Wenn einem die Körpergeräusche, die sich aus ihren Leibern pressen, nicht aus den Sporthallen überall in der Stadt so vertraut wären, könnte man das ganze ebensogut für das Abschlußballett der Polizeischule halten; mit den lachfreudigen Stimmen von uns Jungs als Knabenchor im Hintergrund.

Der Polizist, der auf dem Boden gelandet ist, erhebt sich, und dein Onkel von der Polizei nimmt sich eine braune Zigarre. Wie ein Regisseur verfolgt er aufmerksam das Geschehen, jede seiner Handbewegungen spricht eine eigene Sprache. Mir kommt es vor, als zöge er sich einen unsichtbaren Hut ins Gesicht.

Die zwei Polizisten reichen sich die Hände und beginnen erneut, miteinander zu ringen. Gleichzeitig geht deine Mutter, ein paar wirbelnde Daunenfedern hinter sich, durch die Diele. Sie scheint zu glauben, der Staubsauger habe ihr dauerhafte Halluzinationen verschafft, und nicht ohne Grund hat sie Fragezeichen in den Augen. Denn sie sieht, daß die Polizisten, denen sie vorhin noch Kaffee in geblümten Tassen angeboten hat, jetzt miteinander ringen. Ja, man könnte fast glauben, sie hätte ihnen eine Droge in den Kaffee gemischt, oder sie wäre selbst verwirrt im Kopf, denn das hier kann doch nicht wahr sein.

Um deine Mutter auf die Erde zurückzuholen, oder um die Erde unter ihren Füßen mit all ihren Breitengraden sicherer zu machen, schiebt dein Onkel den Unterkiefer weit vor, zaubert ein Boxerlächeln aus seiner Hosentasche und lächelt deiner Mutter zu: Alles klar, alles klar; die braune Zigarre wie eine Rakete zwischen den Fingern.

Óli.

Jetzt, wo dein Onkel hier auf dem Stuhl sitzt, ein bißchen hartgesotten und mit ständig mahlenden Kiefern, fällt mir auf, daß er ein klein wenig dem so beliebten Privatdetektiv aus dem amerikanischen Film ähnelt, Humphrey Bogart. Das heißt, wenn der Privatdetektiv amerikanischer Filme, Humphrey Bogart, hier in der Kellerwohnung sitzen und zwei der stärksten Polizeibeamten unseres Landes beim Ringkampf zusehen würde, wäre er deinem Onkel ein bißchen ähnlich. Es sei denn, Humphrey Bogart hätte seine Kiefer an Wrighleys Kaugummifabrik ausgeliehen, während dein Onkel, falls er sich nicht doch ein neues Gebiß zugelegt hat, eine von einem streikenden Milchwagenfahrer hineinbekommen hätte.

Als deine Mutter sich vergegenwärtigt, daß der Ringkampf nichts anderes darstellt als Unterhaltung, von deinem Onkel inszeniert und nicht etwa ein gestörter Empfang in ihrem Kopf zugrundeliegt, setzt sie sich gelassen hin und spürt, wie ihr Blut langsam aber sicher immer ruhiger durch den Körper strömt. Ein paar Daunenfedern schweben um ihren Kopf Sie sind ihr aus deinem Zimmer gefolgt, Óli. Eine läßt sich auf ihrer Nase nieder und verbrennt in dem Augenblick, als sie sich eine Chesterfield anzündet.

Jetzt bläst deine Mutter den Tabakqualm aus den Nasenlöchern, wie sie es in Kapitel zwei tat, als ich mit den Luftballons zu euch runterkam. Der Qualm aus ihrer Nase ist so dick, daß man zwölf Vergrößerungsgläser braucht, um hindurchzuschauen.

Doch kaum hat deine Mutter vier Züge geraucht, als deine Schwester Birna kommt und ihr zwei Nyltesthemden reicht, dazu Nadel und Faden und eine Handvoll Hemdenknöpfe. Sofort beginnt deine Mutter, die Knöpfe wieder anzunähen, die vorhin in der Prügelei abgesprungen waren. Sie beginnt sofort zu nähen, damit Jón und der fremde Cousin aus der Weststadt nicht im Unterhemd in der Diele herumhängen müssen. Sie könnten sonst eine lebenslängliche Verklemmtheit oder eine Allergie gegen Unterhemden entwickeln, der zwangsläufig auch eine Allergie gegen Lebertran folgen würde, und so Schritt für Schritt – Allergie gegen Allergie gegen Allergie.

Ich betrachte die Polizisten beim Ringen.

Am liebsten würde ich mich in der Mitte durchteilen und in beiden Polizisten gleichzeitig sein, die hier vorwärts und zurück im Ringkampf durch die Diele gleiten. Ja, ich wollte, ich würde durch die Luft schweben und auf den Boden knallen mit einem dumpfen Hall von den Wänden, als dröhnte meine Seele im Beton.

Ich schaue... Nein, nein, ich schaue nicht, ich glotze mit offenem Mund, wie die zwei stärksten Polizisten des Landes miteinander ringen, so fasziniert, daß ich fast vergesse zu atmen. Überall um mich herum sitzen Jungs, die ebenfalls vergessen zu atmen. Ja, während ich hier sitze, ist es, als würde uns anstelle des Atems eine unbewußte Hintergrundklaviermusik entströmen. Ja, so eine Art Hintergrundmusik, wie ich sie gelegentlich morgens im Radio höre, wenn die Stadt mit Gymnastik erwacht, den rechten Fuß vor, den linken zurück.

Óli.

Ich muß zugeben, daß – wenn auch die Muskelparade deines Onkels stets ein ausgesprochener Kunstgenuß war – der Ringkampf der beiden Polizisten, dem ich beiwohne, viel interessanter ist als alle Drei-Uhr-Vorführungen im Kino, die ich bisher gesehen habe, zusammengenommen. Zumindest hält sie dem Vergleich mit Bugs Bunny spielend stand. Ja, eigentlich sollte die gesamte Polizeimannschaft den ganzen Tag zu Geburtstagsfeiern kommen und Kinder unterhalten. Nein, Óli, längst nicht alle haben einen Onkel bei der Polizei, so wie du.

Ich habe zuerst angenommen, daß der dritte Polizist, der vorhin einen Schritt vor und zwei zurück gegangen ist, vielleicht Schiedsrichter sein würde, falls unter den Ringkämpfern Uneinigkeit aufkommen sollte. Aber das war falsch, denn jetzt geht er einen Schritt zurück und zwei nach vorne. Er fängt an, sich auszuziehen, und hört erst damit auf, als er fertig ist.

Aber er zieht nicht alles aus.

Nein, nachdem er seine Polizeihose gefaltet auf einen Stuhl gelegt und das Hemd abgelegt hat, steht er uns gegenüber mitten im Raum, im weißen Netzunterhemd und schwarzer Turnhose.

Óli, nun beugt sich dein Onkel zu einer schwarzen Aktentasche, die im gleichen Moment aufspringt, und flüstert ihr irgendetwas zu; und ein silberglänzender Expander entsteigt ihr, bis in die Hände des Polizisten im weißen Netzunterhemd und der schwarzen Turnhose.

Sofort beginnt der Polizist, den Expander hin und her zu ziehen, nicht vergleichbar mit dem Muskelprotz, der für eben diese Art Expander im Morgenblatt wirbt. Er trainiert, während die anderen Polizeibeamten mitten auf dem Boden ihre siebente Ringkampfrunde austragen. Ihre Backen haben sich gerötet, und sie geben kräftige Laute von sich, die manchmal, wenn sie zwischen den Lippen herausgepreßt werden, zu einer pfeiftonartigen, kleinen Melodie werden. Heftiges Stöhnen füllt die Luft, auf ihren Stirnen glänzen Schweißperlen.

Ich lache und lache, ich brülle vor Lachen, und die Zufriedenheit in den Gesichtern überall um mich herum umschließt meinen Kopf

Óli.

Dein Onkel von der Polizei sitzt auf seinem Stuhl und raucht eine Zigarre; seine Kiefer mahlen und mahlen.

Gleich hat deine Mutter alle Knöpfe an die Nyltesthemden genäht.

Die letzte Runde der Ringkampfkönige steht bevor.

Bisher unentschieden, sagt die Stille näselnd.

Sie heben sich gegenseitig abwechselnd hoch, zur Seite, sie wimmern und stöhnen.

Die Erwartung in den Gesichtern der Jungs war nie größer.

Der Polizist zur Linken, knallrot im Gesicht, hat jetzt vor, den Polizisten zur Rechten zu Boden zu werfen, während der Polizist zur Rechten, seinerseits auch knallrot im Gesicht, aus tiefer Brust wimmert, während er den Polizisten zur Linken von sich stößt, jedoch nicht unmittelbar zu Boden, denn der Polizist zur Linken erhebt sich zuerst, löst sich vom Boden hoch in die Luft, wo er mit der Stirn gegen die Dielenlampe stößt, die herabfällt.

Klirrrr –

Unzählige kleine Splitter –

Blut färbt die Schweißperlen auf der Stirn des Polizisten.

Die Gummischuhe brennen

In der Deckenlampe, die an der Stirn des Polizeibeamten zerschellte, war eine Sechzig-Watt-Osram-Birne. Sie saß in einer durchsichtigen Glasschale mit einem grünen Streifen rundherum. Solange ich zurückdenken kann, hat sie da in der Diele an der Decke gehangen; ja, ich bin sicher, daß diese Lampe in dem Moment aufleuchtete, als die Transformatorenstation unseres Viertels ans Netz ging.

Jetzt hängt da nur eine Fassung, gaffend am braunen Kabel, und der starke Polizist im Ringerdress sitzt benommen mit blutender Stirn auf dem Stuhl.

Ich blinzele.

Alle Jungs um mich herum blinzeln.

Auch Birna; Birna mit der Schürze blinzelt in der Türöffnung mit den Augen.

Die Glassplitter liegen durchsichtig auf dem Boden.

Es ist so finster in der Diele, daß man glauben könnte, die Luft würde Blinde Kuh spielen. Ich sage buh in Gylfis Ohr.

Deine Schwester Birna mit der Schürze, in der Türöffnung, fängt an, die Glassplitter vom Boden aufzufegen. Deine Mutter eilt mit einem eiskalten Waschlappen herbei, mit Pflaster und einer Schere. Dein Onkel von der Polizei aber holt einen kleinen Küchenschemel und macht sich daran, die Glühbirne an der Decke auszuwechseln.

Kleine Schramme, kleine Schramme, sagt der starke Polizist in der Ringerkluft.

Ach was, nur eine kleine Schramme.

Dein Onkel lacht.

Er lacht so sehr, daß er die neue Glühbirne fast gegen die Fassung schlägt. Noch nie hat er so einen lustigen Ringkampf gesehen.

Kleine Schramme.

Deine Mutter verpflastert die Stirn.

Der Polizist in der schwarzen Turnhose und dem weißen Netzunterhemd steht in der Ecke, den silbrig schimmernden Expander lose in der Hand. Er weiß nicht so recht, was er mit sich anfangen soll. Beinahe, als sei er wie ein Expander zusammengeschnellt, in sich zusammengefallen wie ein Auto mit Kolbenfresser.

Als die Deckenlampe durch die neue Osrambirne wieder angeht, ist es, als würde die ganze Welt erleuchtet. Dein Onkel schnipst mit den Fingern, und es kommt wieder Leben in den Polizisten mit dem Expander, als hätte dein Onkel ihn neu geladen, und er spannt den Expander mehrmals.

Einer der drei stärksten Polizisten des ganzen Landes badet sich gerade im Licht der neuen Osrambirne. Es sieht fast so aus, als hätte ihm jemand eine Pfeife in den Hintern gesteckt.

Und brumm.

Der Polizist rennt los, schnappt den kleinen Küchenschemel, den dein Onkel benutzt hatte, um die Glühbirne auszuwechseln, er rennt los und knallt den Schemel direkt vor mir auf den Boden.

Ich erschrecke derartig, daß ich fast den Faden der Geschichte verliere.

Über mir: Einer der drei stärksten Polizisten des ganzen Landes.

Unter mir: Fußboden.

Doch tief im Innersten wünsche ich mir, mich im Nu in eine Mücke zu verwandeln, die zwischen den Beinen des Polizisten wegfliegen kann – weg, weg.

Der Polizist stellt den Schemel direkt vor mich, kriecht mir gegenüber dahinter und stützt den rechten Ellbogen darauf.

So, du darfst anfangen.

Neulich, als ich dem zauberkundigen Anstreicher half, die Decke zu weißen, damit neue Mieter einziehen konnten, hatte sich meine Linkshändigkeit herausgestellt.

So, du darfst anfangen.

I-i-ich bin Linkshänder.

Macht nichts, benutz beide.

Ich spüre, wie meine Anne aus dem Nyltesthemd baumeln. Ich zittere so, als hätte ich seit meiner Geburt täglich vier Päckchen Chesterfield geraucht.

Ich fange mit der Rechten an.

Ich schaffe keinen Millimeter.

Komm, nimm beide, sagt der Polizist. Du bist doch kein Weißbrot.

Um mich herum lachen die Jungs.

Laß mich deine Muskeln spüren.

Ja, Junge – das wird was.

Der Polizist tut, als ob er vor Anstrengung rot würde und duldet, daß ich seinen Arm ein wenig zur Seite drücke.

Ja, jetzt merkt man Schwarzbrot.

Ja, so.

Doch urplötzlich streckt der Polizist seinen Arm, und meine Hände liegen schlaff auf dem Schemel.

Fingerhakeln?

Der Polizist hält mir seinen Finger hin.

Also gut, ich hake meinen ein.

Zieh, sagt der Polizist.

Ja, setz den ganzen Körper ein.

Ich ziehe und ziehe.

Ich habe das Gefühl, daß ich von meinem Finger in die Luft katapultiert werde, wenn ich so weiterziehe, und dort nicht nur die neue Osrambirne kaputtmache, sondern gleich auch in der Fassung hängenbleibe.

Los jetzt, zieh stärker.
Ich werde bis zu den Haarwurzeln rot. Als ich fast platze, lasse ich los, und als ich loslasse, sagt der starke Polizist in den schwarzen Turnhosen:
NA ALSO.
Gylfi zieht den Rotz hoch, als der Polizist den Schemel zu ihm hinüberrückt. Es brodelt in seiner Nase, und die Zunge schießt zur Nasenspitze.
Wenn ich gegen den Schemel treten würde, würden die beiden zusammenknallen.
Sie fangen mit Armdrücken an.
Fester, fester, sagt der Polizist.
Was willst du werden, wenn du groß bist?
Mi-mi-milchautofahrer, jault Gylfi.
Milchauto – dazu braucht man aber Kraft, sagt der Polizist und lacht, lacht, hahaha, während er über seine Schulter zurückblickt. Jedenfalls, wenn du auch andauernd streiken willst.
Óli, dein Onkel von der Polizei renkt sich fast seine Kiefer aus. Doch der Polizist in der schwarzen Turnhose hat kaum das Wort streiken ausgesprochen, als Gylfis Hände auf den Schemel knallen.
NA ALSO, sagt der Polizist zu Gylfi. so wie er es vorhin zu mir gesagt hatte, bietet ihm jedoch kein Fingerhakeln an.
Und so geht es weiter, während der Erdball sich um einige Grade dreht, während sich irgendwo in der Ferne die Dunkelheit vortastet, während die Uhren ticken; ja, während du, Óli, um einige Minuten alterst, zieht der Polizist an der Jungsreihe entlang und besiegt den Geburtstag im Armdrücken, einen nach dem anderen, auch dich, Óli, sagt stets NA ALSO, bis die Reihe an Jón kommt, denn Jón sieht nicht ein, daß der Polizist, der zu allen NA ALSO gesagt hat, nun auch zu ihm NA ALSO sagen soll.
Sofort, als der Küchenschemel vor ihm steht, knallt Jón seinen Ellbogen darauf und sieht einem der drei stärksten Polizi-

sten fest in die Augen: Jóns Position in Auseinandersetzungen mit anderen ist ein wenig diffizil. Genausowenig wie er verlieren kann, kann er gewinnen. Er klinkt aus, wenn er verliert, ja, und ebenfalls, wenn er gewinnt. Jón hat schon gegen Lampenpfosten getreten, ist auf Autos herumgetrampelt und hat Eier hinter Frauen hergeworfen, und das alles nur deshalb, weil er keine Marmelade bekam oder irgend ein Junge ihn im Mensch-ärgere-dich-nicht geschlagen hatte.

Jón hat einfach keine Kontrolle über sich: Seine Schilddrüse legt los, das Adrenalin durchströmt seinen Körper, der ganze Kaffee, den er seit seiner Geburt getrunken hat, steigt in seinen Kopf, und alle Drüsen spritzen Fruchtsaft in seine Muskeln. Das kann ich euch sagen: Wenn Jón eine Katze wäre, könnten die Biologen die Verwandtschaft zwischen Katze und Tiger an ihm demonstrieren. Ja, da habe ich den Nagel auf den Kopf getroffen: Jón hat etwas Tigerhaftes an sich.

Und als Jóns Hand beim Armdrücken auf die des starken Polizisten trifft, könnt ihr euch lebhaft vorstellen, daß Krieg aus seinen Augen sprüht, wie feuerrote Flammen, die das Gesicht des Polizisten belecken.

Kannst beide benutzen, sagt der Polizist.

Nein, ohne Schummeln, sagt Jón, nach den Regeln nimmt man nu-nur eine. Ich habe schon oft gegen meinen Bruder gewonnen, und der ist bestimmt stärker als du.

Sie fangen mit einer Hand an.

Jón zittert.

Jón bebt.

Mensch, du bist verdammt stark, sagt der Polizist mit zusammengebissenen Zähnen.

Verdammt stark.

Echtes Schwarzbrot.

Jetzt setzt Jón beide Arme ein. Mit aller Kraft drückt er. Im knallroten Gesicht des Polizisten zuckt es, die Mundwinkel ziehen sich zurück, so daß sein etwas pferdeähnliches Gebiß zum Vorschein kommt.

Jón springt auf und drückt mit all seiner Kraft den rechten Unterarm des Polizisten hinunter auf den Küchenschemel. Jón hat einen der drei stärksten Polizisten des Landes im Armdrücken besiegt.

Buh, macht die Jungsmeute, buh, er hat bloß geblufft, er hat bloß geblufft.

Fingerhakeln?, fragt der Polizist.

Fingerhakeln, ja, Fingerhakeln; Jón hakt sich mit einer Hand in den Finger des Polizeibeamten ein.

Jón zittert.

Jón bebt.

Jetzt scheint der Polizist nicht mehr wie bei den anderen Jungs zu bluffen, nein, jetzt strengt er sich wirklich an.

Auch Jón schuftet.

Ich fürchte, daß Jón sich gleich vor lauter Anstrengung nach oben in die Lampenfassung katapultiert, oder daß er wie ein Luftballon zerplatzt. Er furzt, um die Spannung im Körper abzubauen.

Fester, Jón, fester, sagen die anderen Polizisten, fester.

Der ist hart im Nehmen.

Ja, der ist hart im Nehmen.

Fester – ja, Jón spürt, daß er loslassen muß, denn der Polizist ist auch stark, ja, einer der drei stärksten Polizisten des Landes ist ebenfalls stark.

Doch wie die Dinge liegen: Kaum spürt Jón, daß er eigentlich loslassen müßte, läßt er natürlich nicht los.

Seine Augen verdrehen sich. Es ist, als wolle er bellen. Man hört schon das Wau-wau. Er verliert die Kontrolle über sich, springt auf und beißt mit einem qualvollen Aufschrei den Polizisten in den Daumen.

Der Polizist in der schwarzen Turnhose und dem weißen Netzunterhemd wedelt mit seinem Daumen in der Diele herum.

Die anderen Polizisten lachen, hahaha. In Gedanken nenne ich ihn Jón den Daumen, oder Onni Wau-wau.

Ein zäher Bursche, der Junge, hahaha.

Wenn der nicht eines Tages eine Polizeiuniform trägt, landet der mit Sicherheit hinter Gittern, hahaha.

Das ist doch bloß eine kleine Schramme, hahaha.

Jón flackert wie eine Kerzenflamme. Wenn ich ihn anblase, fliegt er weg. Er weiß genau, wo die Gebißabdrücke zu finden sind.

Na ja, das hat keinen Zweck mehr.

Dein Onkel von der Polizei zieht sein hellgraues Jackett an den Schultern zurecht, und die drei stärksten Polizisten des Landes schlüpfen wieder in ihre Uniformen.

Deine Mutter klatscht in die Hände, was um diese Tageszeit und in der Sprache der Handflächen bedeutet: Alle nach Hause, der Geburtstag ist zu Ende, alle nach Hause!

Vorne wird die Haustür geöffnet.

Óli? Jetzt kommt dein Vater von der Autowerkstatt nach Hause. Er hat ein kariertes Hemd an und trägt eine karierte Thermoskanne in einer schwarzen Tasche. Man hört, wie er die Tasche auf den Boden stellt.

Jetzt öffnet er die Tür zum Kellergang, der in den kleinen Stellraum neben dem Heizungskeller führt,von wo man dann die Treppe hinaufsteigen kann, ganz genau wie ich, als ich die Luftballons brachte, nur mit dem Unterschied, daß ich herunterkam.

Dein Vater öffnet diese Tür, denn gewöhnlich kickt er seine ölverschmierten Schuhe dort in die kleine Abstellkammer hinein. Er öffnet die Tür.

Was, zum Teufel, hört man durch die Wohnung, was zum Teufel geht hier eigentlich vor?

Es brennt...

Der ganze Geburtstag stürmt nach vorn.

Was für ein verdammter Gestank!

Ja, er hat recht. Aus der kleinen Abstellkammer schwillt Rauch, der aus dem Heizungskeller dringt, dunkler Rauch, der nach Transiederei stinkt.

Mama brennt es?, fragst du, Óli, mit der Beule auf dem Kopf.

Ich lege meine Finger auf die Lippen und sehe zu Gylfi hinüber.

Pst, Gylfi, pst – sag kein Wort.

Gylfi nickt.

Ich verstehe: Wir hätten nämlich nur die Straßenschuhe mit dem Zehenspielraum und die Stützschuhe mit den Einlagen wegnehmen sollen, als wir die Schuhe im Heizungskeller versteckten, weil die Gummischuhe von Rebbi in der Hitze geschmolzen sind – das ganze Haus und alles hätte in Flammen aufgehen können – und der Rauch dringt aus dem Heizungsraum in die Abstellkammer, und dein Vater, Óli, muß die Haustür zum Lüften öffnen. Ich beeile mich, ich strecke mich nach meinen Sonntagsschuhen und verschwinde mit dem Rauch durch die Haustür, denn der Geburtstag ist vorbei, und gleich gibt es hier keine Polizisten mehr, keinen Onkel, nur noch dich Óli, Birna, deinen Vater und deine Mutter allein am Eßtisch. Rebbi allerdings muß auf Socken nach Hause gehen.

III. TEIL

Die apfelsinenfarbene Netzkugel

Das ganze Viertel ißt im Takt

Als ich durch die Haustür gehe, spüre ich den Abend aus allen Richtungen herannahen. Die Dunkelheit über der Esja ist grünblau; sie leuchtet im Umkreis des Berges, der die Stadt, dicht besetzt mit weißen Tupfern, überragt. Die Treppe hinunter, mir entgegen, kommt die Essenszeit wie jemand, der auf Händen treppab steigt.

In meinem Zimmer knistert Strom durch meinen Bürstenkopf, während ich das Nyltesthemd abstreife. Ich springe in die Bluejeans und ziehe den hängenden Gürtel stramm. Ich denke an die Rauchwolken von den Gummischuhen.

Weil ich auf dem Geburtstag war, habe ich eine rechtsgültige Entschuldigung, um mich vor dem fangfrischen Schellfisch aus dem Ozean und den kleinen, roten Kartoffeln, die in Plastiktüten verkauft werden, zu drücken; Kartoffelkleinzeug im Format von Augäpfeln, das im Laden stets mit einem Vergrößerungsglas angeboten wird, bevor rechtzeitig vor dem ersten Nachtfrost die Herbsternte gelesen wird. Nein, ich habe weder Lust auf Schellfisch noch auf Kartoffeln. Nein, nicht einmal dem Fischereiminister zuliebe, der mit einer Regierungserklärung in jeder Stirnrunzel bemüht war, sie in mich hineinzustopfen. Ich rülpse, den Duft roter Würstchen, mit dem Werbebild des Gummimännchens vom Schlachthausverband im Hinterkopf.

Der Dampf vom Schellfischtopf schlägt sich an den Wänden nieder, der kleine weiße Küchenlautsprecher murmelt

Nachrichten über dem Küchentisch, während ich, am herabhängenden Gürtel fummelnd, in die Küche trete und meinen Standpunkt mitteile:

Ja, weil ich auf dem Geburtstag war, habe ich wohl eine rechtsgültige Entschuldigung.

Bloß ein bißchen, sagt Mama.

Pst, der Streik der Milchwagenfahrer, sagt Papa.

Na, kippen sie noch immer die Milch aus?

Nach Angaben der Polizeibehörden haben die Milchwagenfahrer, sagt ein Mann im Radio, und Papa macht pst mit dem Zeigefinger an den Lippen.

Nein, kommt nicht in Frage.

Ich bin nämlich genauso unnachgiebig wie die streikenden Milchwagenfahrer, wenn es darauf ankommt. Obwohl ich noch keinem Polizisten den Kiefer gebrochen habe. Ich rülpse und furze, um hier in der Küchentür zu beweisen, daß ich satt bin. Ich bin nämlich auch sachlich. Ein ganzer Schlachthof entströmt meinem Hintern, und in meinen Eingeweiden brodelt eine Colafabrik.

Von Kuchen und Cola wirst du nicht viel größer, sagt Papa, während der Radiosprecher nach einer neuen Nachricht sucht.

Ich werde wohl größer, wohl, guck doch. Ich strecke den Arm in die Luft.

Ich werde wohl größer, wohl.

Ach Pétur, zieh den Jungen doch nicht immer damit auf, daß er so klein ist, sagt Mama.

Klein, ich bin nicht klein.

Was gabs auf dem Geburtstag?, fragt mein großer Bruder Tryggvi, der in der Ecke am Küchentisch sitzt. Mein kleiner Bruder ist noch immer in Mamas Bauch. Gerade jetzt hört er unserem Gespräch zu. Ich bin überzeugt, daß er sich darauf freut, mich zu treffen.

Würstchen, Cola, Popcorn und Kuchen.

Kein Wunder, daß er keinen Hunger hat, sagt Tryggvi.

Nein, nicht die Bohne, sage ich und rülpse noch einmal. Ich platze, wenn ich mehr esse.

Ich wende mich um. Tja, wenn ich von Kuchen und Cola nicht wachse, dann muß ich vermutlich verstärkt auf Kekse und Limo umsteigen, denke ich auf dem Weg den Flur entlang.

Es wird Abend.

Der Geburtstag ist vorbei.

Ich setze mich auf den alten Schreibtisch, an dem Tryggvi normalerweise lernt, und lehne mich ans Fenster. Die Straße draußen ist völlig leergefegt, so, als ob hier keine Menschenseele wohnte.

Jetzt ißt das ganze Viertel im Takt.

Der Dampf streicht die beschlagenen Wände entlang, die graumarmorierten Küchentische tanzen, tanzen vierfüßig zur Hintergrundmusik der Messer und Gabeln. Aber die Straße ist leer, wie ein Theater bei Nacht.

Ich sitze am Fenster und blicke über die leere Straße. Es ist Abend; über allem wölbt sich sternenklare Herbstdunkelheit, und die Straßenlaternen werfen einen grüngelben Schein über die löchrige und verlassene Straße.

Um die Lampen zieht sich ein ringförmiger Regenbogen. Nach bestimmten Abenden sind in den Laternen keine Glühbirnen mehr, und dann werfen sie natürlich auch keinen grüngelben Schein auf die Straße.

Die Straße ist leer.

Es ist die Zeit des Jahres, in der die Straßen abends glitzern, und die Sonne bis zur Mittagszeit den Nachtfrost aus der Erde schmilzt, falls sie sich blicken läßt. Den restlichen Tag über sind die Straßen matschig, die Gummischuhe werden verschmiert, und wo man hinkommt, hinterläßt man seine Spuren. Doch am Abend festigen sich die Straßen wieder und fangen mit winzigen Kristallen zu glitzern an.

Gute Sichtverhältnisse.

Die Zeit des Jahres ist es.

Die Zeit, in der von den Gesichtern der Schulkinder das Lächeln schwindet, und wo bald alle Stadtkinder mit Lebertran betrieben werden. Ja bald begegnet man dem Wintermorgen in Schlafanzügen vorn in der Küche, und ein großer Eßlöffel gleitet einem in den Mund.

Die Sonne regiert im Zeichen der Jungfrau. Der Mond ist auf der Bahn zu den Fischen. Es ist Herbst, und der Tag neigt sich mit dem Kartoffellaub der Nacht entgegen, und wahrscheinlich sind die Lämmer, die nicht ins Schlachthaus gebracht werden, draußen erfroren.

Wenn tagsüber das Blut aus den Schlachthäusern durch den Abfluß rinnt, denkt man im ganzen Land an das Kartoffellaub, denn Kartoffellaub welkt mit dem fallenden Tag. Überall in den Gärten im Umkreis der Stadt schütteln dickärschige Frauen das Kartoffellaub.

Unterhalb der Häuser in unserem Viertel sind Gärten. Dorthin gehen wir tagsüber, wir Jungs aus der Straße, und klauben die alten Saatkartoffeln unter den Blättern zusammen. Mit so einer Matschkartoffel in der Hand fühle ich mich um einiges besser bewaffnet als eine ganze Räuberbande in einem Kinofilm.

Da heißt es aufpassen, wenn sie klatschnaß aufknallt...

Gelegentlich zermatschen sie an Fensterscheiben, manchmal auf den Frontscheiben der Autos, oder auf den Köpfen der Jungs – und manchmal, ja manchmal klatschen wir sie den Mädchen auf den Rücken, wenn wir sie schreiend verfolgen oder von hinten überfallen. Ja, wenn die Mädchen Fangen spielen, dann jagen wir sie und stecken ihnen die Matschkartoffel in den Pullover und lassen sie den Rücken hinuntergleiten, während die Mädchen unter der lachenden Sonne zappeln und kreischen.

Und die Abende.

Nicht zu vergessen die Abende.

Der Abend kommt in Wirklichkeit immer dann, wenn ich auf der Fensterbank sitze und auf die leere Straße blicke, während die Leute in der Straße sich rülpsend von den Küchentischen erheben.

Jetzt ist Abend.

Ich sitze und schaue aus dem Fenster.

Ich drücke die Nase an die Scheibe. Dies ist die Zeit des Abends, wo rote Rücklichter die Neugier erwecken: jemand kommt zu Besuch, jemand fährt ab. Auf jeden Fall irgendwer, der tschüß sagt.

In der Küche klappern die Teller.

Papa bläst Tabaksqualm in seine Kaffeetasse. Er lacht. Er lacht aus vollem Hals.

Ich möchte raus auf die Straße.

Ich möchte die Straße mit meinen Träumen füllen.

Ich möchte mich an den Wänden des Abends entlangschleichen.

Ich möchte mit dem Bus bis ans Ende der Welt.

Ich möchte.

Vorn in der Diele sagt mein Bruder Tryggvi tschüß.

Ich höre, wie er die frisch gebohnerte Treppe hinunterläuft, aus der Tür heraus, die zufällt. Ich weiß, daß sie ins Schloß fällt. Er setzt sich auf sein Easy-Rider-Fahrrad und fährt damit durch die schwarze Dunkelheit. Er radelt dorthin, wo wir wohnten, als ich noch in Mamas Bauch war.

Er radelt in das Viertel neben dem gelben Irrenhaus. Dort hat er Freunde in einer Kellerwohnung; drei Brüder mit einem Luftgewehr und einer trunksüchtigen Mutter.

Dort im Viertel blühen pockennarbige Kioske. Mädchen mit Wackelärschen ziehen ihre Kaugummis weit zwischen den Zähnen hervor, und Jungs in wattierten Anoraks träumen davon, bei erster Gelegenheit in der Apotheke Pariser zu kaufen.

Sie spiegeln sich in den Kioskfenstern und frisieren sich mit schwarzen Plastikkämmen. Unterhalb des gelben Irrenhauses schießen sie auf Vögel.

Jetzt ist mein Bruder mit dem Fahrrad verschwunden. Ich

sitze allein im Fenster. Wenn es regnet, sitze ich oft allein im Fenster. Es ist wunderbar, allein im Fenster zu sitzen, jedenfalls so lange man sich nicht vergegenwärtigt, was es eigentlich bedeutet, allein im Fenster zu sitzen.

Aber jetzt ist Abend. Ich möchte mit einem Bus ans Ende der Welt.

Es regnet nicht. Es regnet nicht. Ólis Geburtstag ist vorbei.

Ich möchte raus.

Mama, darf ich?

Jaja, ich verspreche, nicht lange zu bleiben.

Komm bald wieder.

Will nur kurz rüber zu Garðar.

Ich weiß: Gebete warten im weißen Bettzeug auf mich. Jesus erkennt mich im Regenbogen. Gestreifter Schlafanzug. Das komplette Seelenleben des Huckleberry Finn.

Tschüß... tschüß.

Als ich die frisch gebohnerte Treppe hinuntergehe, trage ich mein kleinkariertes Hemd, den schwarzen Pullover mit V-Ausschnitt, die Bluejeans mit dem kaputten Gürtel, der herunterbaumelt. So war ich auch gekleidet, als der Spielzeughändler im Schaukelstuhl schlief. Unten bei der Haustür warten die weißbesohlten Gummischuhe wie zwei alte Freunde darauf, daß ich, Jóhann Pétursson, in die Welt hinausspringe.

Auf dem Öltank vor dem Haus sitzt niemand.

Die luftige Dunkelheit schwebt.

Zeit der Autoscheinwerfer

Ding-dong.

In einem chinesischen Morgenmantel, der in der blaugrünen Tiefe des Raumes schwingt, kommt Garđars Vater zur Tür. Feuriggelbe Bäume sind über den seidenen Umhang verteilt, schwarze Schwalben schwirren um ihre Äste; eine Frau mit Strohhut öffnet ein Bambuszelt.

Die Ärmel sind weit wie Beutel.

Aus einem Ärmel ragt eine Hand, die ein Buch hält, ein dickes, schwarzes Buch, mit der anderen Hand hat er ganz offensichtlich die Tür geöffnet.

Und davor stehe ich, Jóhann Pétursson, mit Stoppelkopf, und habe die Hände in den Taschen. Der Vater von Garđar schwankt ein bißchen in der Türöffnung, als habe er zu lange im Schaukelstuhl gesessen, denn betrunken ist er nicht. Sofort, nach zweimaligem Nachhaken, versteht er, daß ich nach Garđar frage.

Er ruft Garđars Namen in die Wohnung hinein. Als Garđars positives Echo zurückschallt, wendet er sich ab. Ich sehe, wie der Morgenmantel mit dem Buch um die Ecke verschwindet.

Während ich auf Garđar warte, kann ich erzählen, was Sache ist. Sein Vater im blaugrünen Morgenmantel ist mir ein großes Rätsel. Denn jeden Morgen verschwindet er in einem hellgrauen Anzug aus dem Haus, ganz als ob Sonntag sei und er in die Stadt gehen wolle, um die Enten auf dem Teich zu füttern. Ich meine, wenn er bei der Polizei wäre, hätte er wenigstens eine Uniform an. Und wenn er später am Tag wieder nach Hause kommt, sieht er genauso aus wie morgens, als erging. Kein Gipsfleck, kein Farbklecks. Kein Maschinenöl auf den frisch gewichsten Schuhen. Und niemals habe ich Schweißflecken unter seinen Achseln entdeckt. Ich kann mir daher kein Bild davon machen, was er tut. Einmal habe ich Papa gefragt, und er antwortete: Ich weiß es nicht; vielleicht ist er im Keller bei Kennedy. Im Keller... nein, ich male mir immer aus, daß er die Enten füttert, daß er in seinem hellgrauen Anzug den ganzen Tag am Teichufer steht und die Enten mit Weißbrot füttert.

Grüß dich, sagt Garđar, der jetzt gekommen ist, grüß dich, Jói, komm rein.

Ich trete ein.

Im Dielenspiegel sehe ich einen ausgestopften Rentierkopf, der an der gegenüberliegenden Wand hängt. Und an jeder Wand hängen drei oder vier Gemälde, keine Dorfansichten, Berge oder Seen, wie sie dein Onkel von der Polizei malt, Óli, sondern diverse Klötze und Kästen auf dreidimensionalen Würfeln, die mir viel besser gefallen würden, wenn Fische, kleine Guppys, hineingezeichnet wären.

Im Wohnzimmer schaukelt der seidene Morgenmantel vor und zurück, das aufgeschlagene Buch vor sich. Und dort auf dem Boden neben dem Schaukelstuhl liegt ein aufgeblasener Gummiseehund mit Meereskieseln vor der Schnauze.

Ich frage Garđar, ob er nicht mit rauskommen will. Doch, ja, und Garđar ruft seine Mutter, die in der Küche ist. Auf dem Flur sind seine Schwestern mit den gelben Kleidern beim Seilspringen.

Garđars Mutter hört ihn nicht, weil sie im neuen, weißen Elektromixer Karotten püriert. Als der vollautomatische Mixer sich selbst abschaltet hat, hört sie ihn.

Was hast du gesagt?, fragt sie und hält den Elektromixer wie auf einem Werbefoto in der Hand.

Darf ich mit Jói raus?

Raus?

Ja, raus.

Weißt du, wieviel Uhr es ist?

Es ist gar nicht spät, ruft Garđar in die Küche.

Jetzt kommt Garđars Mutter aus der Küche. Sie trägt eine schwarze Bluse mit kugeligen Knöpfen, die sie sich in den weißen Rock gesteckt hat, und furchtbar hohe Schuhe, die sie so groß machen, daß ich behaupten möchte, sie übt, auf Stelzen zu gehen, und es wäre nicht übertrieben.

Ansonsten ist sie sehr lieb zu mir. Sie sagt:

Jói, paß mir gut auf Garđar auf, und bleibt nicht so schrecklich lange, es wird so finster.

Garđars Mutter heißt Bára. Sie ist der Typ – du weißt schon mit Nagellack, ein bißchen wie die Plastikpuppen auf den Haferflockenpackungen, eine von denen, die mit den künstlich bewimperten Lidern plinkern, um ihre weibliche Naivität zu betonen, die auf hohen Absätzen schwankt, aber stets im Gleichgewicht bleibt, wenn sie freundlich in die Luft spricht.

Sie wird von ihren dickbäuchigen Freundinnen im Nähclub darum beneidet, mit der kleinsten Korsettgröße auszukommen – mit Sicherheit ist sie zwanzig Jahre jünger als ihr Mann im blaugrünen Morgenmantel, der tagsüber die Enten füttert, und, nach Aussage engerer und entfernterer Verwandter, ständig jünger wird.

Wir versprechen, nicht lange zu bleiben. Wir schwören mit zehn Fingern zu Gott, wir schwören im Namen von Pfarrer Daniel und seiner Frau Sigridur, die mit den Füßen die Orgel bedient, im Namen Jesus Christus und dem Kutscher auf dem Gelben Wagen. Ja, bald wird es dunkel, furchtbar dunkel und kalt: Garđar, paß auf, damit du keine kalten Ohren bekommst, das Kind erkältet sich so leicht. Und achtet auf die Autos. Sie fahren manchmal so achtlos und erkennen Kinder nicht.

Ja, wir passen auf dies und das auf: Ja, es stimmt, Autos fahren so achtlos. Die meisten sind nämlich ganz verzweifelt hinter einem Mädchen her und plinkern mit den Augen. Sie suchen zwischen den Häusern und Mülltonnen nach Mädchen. Überall gibt es Mädchen. Wein und Weiber. Nein, sie sehen keine kleinen Jungs. Autos sehen kleine Jungs nicht. Mit dem Lampenschein in den Augen, mit dem Balken in ihren Augen ganz in Gedanken sehen sie nichts vor lauter wohlduftenden Hündchen, die vom Rückspiegel baumeln. Der eine oder andere reibt die Straße auf, hat ein Tigerfell auf dem Rücksitz und rosa Pelz am Lenkrad. Sie sehen nicht die kleinen Jungs, die am besten erstmal eine Unfallversicherung abschlössen, bevor sie auf die Straße treten.

Ja, wir passen auf, wir passen auf. Ihr wollt nur unser Bestes, ihr wollt nur unser Bestes. Ja, ja – Mama sagt auch, daß kleine Jungs im Schlaf wachsen; früh schlafen gehen. Blabla Weihnachtskuchen, fünf Groschen mußt du suchen. Lirum, Larum, Löffelstiel, alle Mütter labern viel!

Ja, ja, wir passen auf.

Oh, juhu, Garđar darf mitkommen. Jói, du paßt auf... Ja, ja, ich paß auf... Komm Garđar, Amsel, Drossel, Fink und Star, und die ganze Vogelschar, laß uns rausgehen. Die Sterne sollen unsere Phantasie erleuchten, die Gummischuhe wissen den Weg. Natürlich darf Garđar mitkommen. Natürlich, was anderes kommt nicht in Frage, denn der heutige Abend ist eine der letzten Gelegenheiten für ihn, draußen zu sein. Bald, in etwa zwei Wochen, wenn die Sonne aus dem Zeichen der Jungfrau in das der Waage wechselt, tritt eine Verordnung in Kraft: eine Verordnung bezüglich des Aufenthalts von Kindern und Jugendlichen im Freien, eine der grausamsten Verordnungen der Weltgeschichte, um ein Vielfaches grausamer als die Gesetzesbücher der Sumerer, wenn ich richtig orientiert bin.

Ja, es bietet sich an, daß ich ein paar Worte über jene Verordnung verliere, während Garđar in der Garderobe nach seinen Gummischuhen sucht. Ich habe sowieso in der Zwischenzeit nichts Besseres zu tun: Die Verordnung über den Aufenthalt von Kindern und Jugendlichen im Freien wurde erstmals in den Dreißigerjahren erlassen, nachdem der Polizeichef von Reykjavik in der Zeitung einen Artikel veröffentlichte, in dem es unter anderem hieß, daß es hier im Gebiet der Hauptstadt einige Jugendliche gäbe, die den Unterschied zwischen Tag und Nacht nicht kennen würden. Tagsüber, während sie etwas über den Dreißigjährigen Krieg lernen sollten, schliefen sie, doch bis zum frühen Morgen seien sie auf den Beinen. Und nach dem Polizeichef zu urteilen, war die Stadt durch ihr Treiben zu einem Müllplatz geworden. Hier fehlt es an Regelungen, fügte er in scharfem Ton an. Zwei Wochen später folgten die Verordnungen.

Sie waren in jeder Hinsicht unvollkommen, zum Beispiel in der Definition von Aufenthalt im Freien oder von Minderjährigkeit. Manche sagten, daß sie einer wörtlichen Übersetzung der Königlichen Verordnungen aus Kopenhagen gleichkamen, während andere entgegneten, daß der Polizeichef drei Astrologen gewonnen habe, entsprechend der galaktischen Rhythmen eine geeignete Zeitbegrenzung für den Aufenthalt im Freien von Kindern und Jugendlichen zu finden.

Ich kann nicht sagen warum, aber diese Verordnung hat zunächst eine eher bescheidene Rolle gespielt, sowohl in den Schreibtischschubladen der Polizei, als auch im Bewußtsein der Öffentlichkeit. Das änderte sich erst mit dem Auftreten des Kinderschutzbundes; ja, um die Zeit, als ich geboren wurde, entsprang der Kinderschutzbund als Bild der Vollkommenheit den Teigrollen alter Weiber in der Weststadt. Und dann, das kann ich wohl sagen, floß in die Behandlung der Angelegenheit eine strenge Kälte ein. Denn der Kinderschutzbund setzte sich aus den sittenstrengsten Persönlichkeiten der Hauptstadt – ausgewählt durch einen Ausschuß im Justizministerium – zusammen, und die sittenstrengsten Persönlichkeiten der Hauptstadt wollten die Spanne des erlaubten Aufenthalts von Kindern und Jugendlichen im Freien von den Zeiten abhängig machen, in denen die Autos mit Licht fahren.

Man kann daher eigentlich sagen, daß der Kinderschutzbund vom Tag seiner Entstehung an nur die Finsternis in sich selbst gefürchtet hat. Philosophisch betrachtet also. Aber nach allen Uhren des Landes, nach Greenwich Meantime, bedeutet dies in der Realität, daß alle Kinder den Winter über eingeschlossen waren. Zunächst mag daraus in der Hauptstadt ein großes Gefühl der Leere erwachsen sein. Doch die Stadtbewohner haben sich ziemlich rasch die Haltung zu eigen gemacht, diese als einen normalen Bestandteil in ihr Leben zu integrieren. Nur noch die Autoscheinwerfer flackerten im Dunkel vor den Häusern. Doch drinnen in den Häusern war es die Verordnung des Kinderschutzbundes, die sich auf das Flackern der Autoscheinwerfer berief, die den Kindern ins Gesicht leuchteten.

Wenn man Kindern mit dem Kinderschutzbund drohte, erschien vor deren geistigem Auge eine strenge Gouvernante mit knorrigem Stock, bis in die Nacht hinein keifend, und in ihrem Kopf fielen die Türen einer Anstalt, zu denen es keine Schlüssel gab, ins Schloß. Musterkinder dagegen erhielten goldgefaßte Diplome, in eine seidene Landesflagge eingeschlagene Missionarsbiographien, als Anerkennung für Folgsamkeit.

Wie dem auch sei: Mittels der Verordnung des Kinderschutzbundes wurden die Kinder im Winter in die Häuser zurückgetrieben, kaum daß sie sie verlassen hatten. Ja – tatsächlich erkannten sich die Kinder oft in den Augen der Schafe im Schafspferch wieder. Die Lage besserte sich keineswegs durch das Rundfunkprogramm: Gerade in diesen langen Winternächten, die an den Zeiten der Autoscheinwerfer gemessen wurde, setzte eine Welle von Horrorhörspielen ein, als sei Graf Dracula selbst Programmdirektor: Herzklopfen mit Klavierbegleitung und geheimnisvolles Türenschlagen. Wachende Kinder hielten die Stadt schlaflos. – Aber jetzt hatte Garđar seine Gummischuhe gefunden. Er verabschiedet sich von seiner Mutter mit einem Kuß. Ich warte auf dem Treppenabsatz, während er in seinen Anorak schlüpft.

Dann gehen wir die Treppen hinunter, hinaus in die sternklare Herbstdunkelheit, noch immer mit dem Geburtstagskitzel im Bauch und berauscht von den Polizisten.

Wir gehen die Straße entlang, rechterhand den Hang hinunter. Unten am Fuß des Hangs bleiben wir am Friseursalon stehen. Irgendwie gleichen Garđar und ich zwei alten Männern beim Abendspaziergang, alles geschieht wie in Trance. Unwillkürlich, ohne zu wissen warum, gehen wir immer zum Friseursalon.

Ja, zwei alte Männer.

Ich. Und Garđar.

In diesem Licht betrachtet finden wir es kaum noch gerechtfertigt, daß die Verordnung bezüglich des Aufenthalts von Kindern und Jugendlichen im Freien an die Zeit der Autoscheinwerfer gebunden ist und auch für uns gilt. Denn wie ich vorhin sagte, um diese Zeit verwandeln wir uns in zwei alte Männer, die wie in Trance den Hang hinabgehen. Und dort erschaffen wir uns durch die mystische Berührung der Fenster zum Frisiersalon eine Traumwelt.

Jetzt schauen wir durch die Fenster nach drinnen, in das Dunkel, das durch die Scheiben strömt, auf die drei Rasiersessel und das geheimnisvolle Spiegelkabinett im Dunkel.

Kein Anton im Dunkel des Friseursalons.

Denn jetzt hat Anton frei. Doch rund um einen der Rasiersessel werden seine Fußspuren immer deutlicher erkennbar. In unseren Träumen schlingen sie sich unsichtbar um den Erdball herum.

Ich schaue Garđar an.

Wir saugen uns förmlich mit unseren Blicken die Augen aus dem Kopf, denn in unserer Traumwelt sind wir zwei Friseure in hellblauen Kitteln und mit Kämmen, ganz wie Anton.

Ganz wie Anton. Immer guter Dinge; ja, wenn wir keine Friseure in hellblauen Kitteln mit drei Rasiersesseln werden, werden wir vielleicht Kämme en detail verkaufen, lodernde Hausbrände löschen oder Bananen sortieren.

So sickern unsere Träume aus dem sternklaren Abend in die Spiegelbilder hinter den Scheiben des Friseursalons, durch die Erde unter den Sohlen der Gummischuhe, bis wir unseren Weg aus der Verzückung wieder zurückgehen, den Hang linkerhand der Straße hinauf, bis zur Kellertreppe, wo wir nach Óli fragen.

Die Würstchen in Siggi's Topf

Óli kommt zur Tür, im gleichen Aufzug, mit der Beule auf dem Kopf, ja, er ist genauso angezogen, im weißen Nyltesthemd, nicht unähnlich jenem kleinen, schüchternen Jungen aus der Hemdenwerbung. Noch immer liegt ein leichter Brandgeruch in der Luft, der von den auf dem Heizungskessel zu Gummiklumpen zerschmolzenen Gummischuhen herrührt. Auch wenn alle Jungs schon gegangen sind, hast du, der du dort in der Tür stehst, Óli, immer noch Geburtstag.

Hahaha, es ist fast, als ob du mit deinen Spielzeugen verwachsen bist, Óli, denn als Garđar und ich dich fragen, ob du nicht rauskommen darfst, sprudeln die Worte aus dir hervor wie aus der Wasserpistole, die Garđar dir geschenkt hat. Sie rinnen eiskalt den Rücken hinunter... Und wie du die Kellertür weit aufreißt, schwingen deine Arme hinaus in die Dunkelheit, als wäre zwischen deinen Beinen eine Schnur, an der jemand zöge. Ja, Óli, du gleichst Pinocchio. Du zappelst in der Luft.

Wie ein Regenguß strömen die Worte auf Garđar und mich auf der Kellertreppe herunter, während du, Óli, die Bilanz der Geburtstagsfeier darlegst und dir das Spielzeugland der Gedanken unterwirfst.

Ólilein, mach die Tür zu, es zieht, hört man deine Mutter Jóna aus der Wohnung sagen. Wir folgen dir hinein und schließen die Tür hinter uns.

Ich stelle fest, daß die neuen, bleibenden Zähne, die dir gewachsen sind, mit einer wahnsinnigen Geschwindigkeit größer werden. Sie wachsen und wachsen. Wenn sie so weitermachen, werden sie im nächsten Monat schon drei Meter lang sein. Ja, was für Kaninchenzähne! Vielleicht, Óli, läßt die Regierung sie dir herausnehmen und exportiert sie als Elfenbein. Nein, im Ernst, das wird die Beule kaum vertragen. Mit Sicherheit braucht es einen ganzen Haufen Eisenbinder, um sie im Zaum zu halten, und jeden Tag wirst du wie eine ganze Silbermine durch die Straßen gehen. Meine Schneidezähne haben immer noch Kinderschuhgröße, aber einer wackelt; ich bin ja auch ein Jahr jünger als du, Óli, deshalb macht es nichts. Óli hat gerade erst neulich in der weißen Schule das Buchstabieren angefangen, obwohl er die beiden letzten Tage dank des Zimmermannshammers nicht zum Unterricht erschienen ist. Anfang des nächsten Monats dagegen werde ich mit Garđar jeden Morgen durch die Flügeltür der Kirche schreiten, weil dann der Unterricht bei Pfarrer Daniel beginnt.

Óli fragt seine Mutter, ob er mit rauskommen darf. Natürlich darfst du, Óli. Es ist Abend, und du hast immer noch Geburtstag.

Ja, stell dir vor, Óli. Obwohl es Abend ist, hast du immer noch Geburtstag. Mir kommt es vor, als hättest du dein Leben lang ewig Geburtstag. Du hast alle Geburtstage auf der Welt geklaut, und jetzt alterst du in jeder Sekunde um ein Jahr. Hahaha, ich sehe dich schon als Tattergreis aus der Tür gehen, ein Tattergreis mit Stock, Buckel und einer Beule auf dem Kopf

Jóhann, laß das, sage ich zu mir selber.

Ich kneife mich in die rechte Wange.

Aber natürlich, wie ich bereits gesagt habe, Óli darf mitkommen. Deine Tante, von der es heißt, daß sie eine der fähigsten Friseusen in ganz Nordisland sei, ist zu Besuch gekommen. Sie hat das Friseurhandwerk in der Hauptstadt gelernt, und jetzt legt sie deiner Mutter die Haare.

Óli. Deine Mutter sitzt vor dem Spiegel mit einem Handtuch um die Schultern und bläst Tabaksqualm durch die Nase, der sich im Spiegel auflöst; dein Vater hingegen döst auf dem Sofa, mit den Resten der Geburtstagsfeier im Bauch. Er liegt auf dem Sofa unter dem Bild von Thingvellir, dem Hochzeitsfoto und dem Bild von dir, ohne Zähne und Haare, aufgenommen in irgendeinem Fotostudio in der Stadt. Und ich bemerke, Óli, daß sich die Erschöpfung von der Arbeit bei deinem schlummernden Vater, dem Automechaniker Bárdur, in eine gewisse griesgrämige Miene verwandelt, die sich auf dem ganzen Gesicht ausbreitet. Falls sie nicht Ausdruck eines Traumes ist, den er träumt dort auf dem Sofa.

Óli, du kannst getrost mit Garđar und mir die Kellertreppe hinaufgehen, in das sternklare Herbstdunkel hinaus, weil deine Tante an deinem Büstenhaarschnitt sowieso nichts richten kann. Eigentlich habe ich, Jóhann Pétursson, das schon mit dem Zimmermannshammer erledigt. Eigentlich bist du, Óli, der Erfinder des Toupierens, eines Vorläufers der Bauschfrisur. Ja, Óli, du darfst bestimmt rausgehen, denn deine Mutter weiß, daß Geburtstagskinder in weißen Nyltesthemden gegen Abend quengelig und motzig werden.

Sie sagt bloß unter der Trockenhaube hervor, die ihr wie ein Sturzhelm auf dem Kopf sitzt: Paß auf dich auf und bleib nicht zu lange. Und deine Tante, die hinter deiner Mutter steht, lächelt uns an, als hätte sie kürzlich einen Mann mit einem Chevrolet kennengelernt.

Mach daß du fertig wirst, sage ich mit Blicken zu Óli, während er sich anzieht.

Der Satz »bleib nicht zu lange« ist ein integriertes elektronisches Steuerzentrum, in zweistündigem Rhythmus von Mutterliebe gemästet, und sitzt im Kopf aller Hausfrauen im näheren Umkreis. Sie sind alle mit dem Kinderschutzbund einig und messen den Aufenthalt von Kindern und Jugendlichen im Freien an den Zeiten, in denen die Autos mit Licht fahren. Ja, ja, sie wollen nur das Beste. Ja; denn wenn niemand draußen ist, passiert auch nichts, und wenn nichts passiert, ist alles in Butter. Ich dagegen, der ich Jóhann Pétursson heiße und ein Junge mit Bürstenschnitt und allem bin, ich bin der Ansicht, daß der Staat uns durchaus mit Taschenlampen ausstatten könnte, wenn der Kinderschutzbund wegen der Dunkelheit so große Bedenken hegen muß. Außerdem gibt es ja auch noch den Kiosk. Und Siggi vom Kiosk, der Kinderfreund, würde rund um die Uhr Würstchen anbieten, wenn jemand da wäre, um sie zu kaufen. Und im Kiosk, da ist es nämlich auch hell. Dort richtet sich die Welt nicht nach den Zeiten der Autoscheinwerfer. Und Siggi im Kiosk; manchmal beugt er sich weit aus seiner Verkaufsluke heraus, streichelt einem um's Kinn und lächelt mit all seinen unechten Zähnen, während er einen mit roten Würstchen füttert.

Das macht er nur, weil er andersrum ist, sagen die Väter in unserer Straße alle im Chor, jeden Tag einmal. Er zieht die Schwulen an, weil er andersrum ist.

Andersrum, andersrum, andersrum.

Ja, andersrum.

Jóhann, du sollst keine Würstchen von Siggi annehmen – man kann nie wissen – sagte Mama eines schönen Sonntags, als wir bei einer Autotour an seinem Kiosk vorbeikamen. Siggi stand in Shorts vor seinem Kiosk, einen Tirolerhut auf dem Kopf, und er winkte mir zu.

Ja, Jóhann, das sag ich dir: Falls du vorhast, bei Siggi im Kiosk herumzuhängen, sagte Papa und sah in den Rückspiegel, um mich auf dem Hintersitz besser im Blick zu haben, wenn du das machst, dann wird dir am Ende ein ganz anderes Würstchen in den Arsch geschoben.

Aber Pétur, sagte Mama.

Selbstverständlich verspricht Óli, nicht zu lange zu bleiben und gleich wieder nach Hause zu kommen, denn sonst wird dein Vater ein Wörtchen mit dir zu reden haben, echot es in deinem Kopf, obwohl niemand es ausgesprochen hat; weder die Friseuse aus dem Norden noch deine Mutter mit dem Tabaksqualm um die Nase. Nein, keiner sagt es, nur die Atmosphäre in der Wohnung und das Knallen der Kellertür, die hinter uns zufällt, während wir noch die Treppe hinaufsteigen.

Die Bademütze im Klofenster

Der Kragen des Nyltesthemdes lugt unter dem Halsausschnitt des gemusterten Pullovers hervor. Unter dem Pullover hat Óli eine Wampe.

Box rein, sagt Óli, box!

Meine Hände wachsen in Boxhandschuhe hinein, und ich boxe in die Wampe; ich boxe, ich boxe.

Fester, fester, sagt Óli.

Ja, fester, fester, ich boxe so fest ich kann. Bis plötzlich – plupp – eine apfelsinenfarbene Fischnetzkugel unter dem gemusterten Pullover heraus zwischen unsere Füße fällt.

Ene-mene-mu-und-aus-bist-du, Gaí, du mußt ins Tor, wir spielen Elfmeterschießen.

Das beste Ziel in der ganzen Gegend ist Papas Garagentor. Dahinter wird normalerweise der Chevi von Papa aufbewahrt. Und Papa. Jetzt fährt der Chevi mit Papa durch die Stadt. Es ist Abend. Papa arbeitet.

Die Garage ist leer.

Sie tanzt in der Leere der Straße.

Es sei denn, die Fischnetzkugel knallt gegen die weiße Garagentür; dann füllt sie sich mit Tönen, die den Mond anheulen.

Die Spiralfedern, die die Tür beim Aufklappen festhalten, reagieren hörbar. Die Schläge drücken sich durch das Gerippe der Tür, bis einer von uns die apfelsinenfarbene Netzkugel anhält, die rollend zu uns zurückkommt.

Steh nicht da wie ein Ölgötze, Gaí, du bist Tormann, steh nicht blöd rum... aber Garđar hält sich jedesmal die Augen zu, wenn Óli und ich die Netzkugel mit Wucht losschießen, oder er wirft sich in die Abschmiergrube.

Halt die Kugel, versuch sie zu halten, ruft Óli und nimmt mit der Kugel Anlauf, während Garđar gleichzeitig davonrennt. Die Kugel knallt an die nackte Garagentür. Die Spiralen schwingen mit, und irgendwer versucht, das Badezimmerfenster im Erdgeschoß zu öffnen.

Das Badezimmerfenster ist völlig beschlagen, tröpfchenfeiner grauer Dunst. Alles, was man erkennen kann, ist eine schwebende, beige Bademütze. Man hört, wie die Fensterhaken sich lösen, und undeutlich kommt eine Hand zum Vorschein.

Sie kann das Fenster nicht öffnen. Wir lachen und zeigen in die Luft. Wir lachen im Chor.

Weil sich das Badezimmerfenster nicht öffnen läßt, zeigt es ein flaches Gesicht hinter der Scheibe. Es erinnert ein wenig an einen Labradorhund.

Ja, jetzt, wo der Dunst völlig von der Scheibe verschwunden ist, kann ich euch mitteilen, daß die Frau hinter dem Badezimmerfenster eigentlich die Frau des Polizeihauptmanns aus dem Erdgeschoß ist. Ja, sie wohnen im Erdgeschoß. Sie hat die beige Bademütze auf dem Kopf.

Wir, ich, Óli und Gaí, stehen mit verschränkten Armen da. Die Netzkugel liegt auf der Erde. Wir sind mucksmäuschenstill, denn die Frau mit der Bademütze hinter dem Badezimmerfenster will ganz offensichtlich irgendeinen geistigen oder körperlichen Kontakt zu uns aufnehmen, die wir die Netzkugel gegen die Garagentür geschossen haben.

Ja, es ist nicht schwer zu erahnen, daß die Frau des Polizeihauptmanns sich im kochendheißen Bad geaalt hat, im schwarzen Badeanzug, im kochendheißen Bad mit der beigen Bademütze; ja, am Ende haben wir sie vielleicht aus dem Schlaf gerissen, und jetzt versucht sie, das Fenster zu öffnen, um uns dafür zu danken, daß wir sie vor dem Ertrinken bewahrt haben. Ja, sie wird uns bitten zu warten, bis die Fotographen der Lebensrettungsgesellschaft eintreffen und uns ablichten; mich, Óli und Garđar. Sie werden uns fotografieren, wie wir auf einem Rettungsring sitzen und in Matrosenanzügen und Bommelmützen isländische Fähnchen schwenken.

Wir tuscheln.

Wir lachen.

Ja, lacht nur, sagt sie, und das Badezimmerfenster schlägt gegen die Wand. Aus dem Fenster beugt sich ein Kopf mit beiger Bademütze.

Ja, lacht nur, sagt sie erneut, ich kann euch eins sagen: Ich lag hier in der Badewanne und dachte, daß der Öltank explodiert, und du, Óli, hast den ganzen Tag diesen Lärm unten im Keller veranstaltet, was soll dieses Bollern eigentlich bedeuten?

Obwohl den Worten, die ihr entströmten, unsichtbare Schwingungen der Stimmbänder zugrundeliegen, hört man sie in der ganzen Straße. Sie übertönt sogar die Gespräche in den Wohnungen, und überall beginnen die Säuglinge zu plärren.

Bedeuten bedeuten... auf Englisch oder Deutsch, sagst du, Óli, und ein spitzbübisches Grinsen breitet sich über deinen ganzen Stoppelkopf aus, als ob du gesagt hättest: Lirum, larum, Löffelstiel, alte Weiber quatschen viel... Auch die Beule, die den Bürstenschnitt überragt, scheint zu grinsen. Sie ist offensichtlich ganz zufrieden mit dir, Óli.

Die Alte im Fenster schnaubt.

Sie ist dermaßen wütend, daß sie sicher durch das Fenster käme, wenn sie könnte, und sich auf dem Weg nach unten in ein Ufo verwandelte. Sie kann noch nicht einmal die Faust ballen, weil im Badezimmerfenster nur ihr Gesicht Platz hat.

Ihr sollt aufhören, so einen Lärm zu machen! Meine Tochter hat andauernd Kopfschmerzen, weil die Mittlere Reife so schwer ist. Ihr sollt aufhören, ihr weckt die ganze Straße auf, sagt sie mit einer Stimme, die bis zum Anschlag aufgedreht ist.

Die Frau mit der beigen Gummibademütze im Badezimmerfenster heißt Rannveig und wird Ranka genannt. Jeden Morgen erzittert das Haus unter ihren Holzpantinen. Es zittert und bebt. Ja, es ist so, als ob 14 Elefanten in ihrer Wohnung Hochsprung trainierten.

Unten im Keller erwacht Óli. Oben unter dem Dach erwache ich. Beide erwachen wir urindurchnäßt in unseren gestreiften Schlafanzügen. Wir fahren zusammen; wenn Rannveig mit ihren Holzpantinen losstampft, kommt uns im Traum eine komplette Kompanie entgegen.

Ja, so beginnen die Tage in unserem weißen, vierstöckigen Marmorhaus: trampelnd in ihren Holzpantinen weckt uns Rannveig von Hjörtur mit solchem Getöse, daß man meinen kann, sie habe eine ganze Militärparade für uns zum Frühstück aufmarschieren lassen.

Hjörtur, Rankas Mann, ist Polizeihauptmann mit silbergrauem Haar. Morgens, wenn er das Haus verläßt, scheint er jedesmal die Macht im Lande zu übernehmen. Er ist es nämlich, der die Ehrengarde der Polizei zusammenstellt, wenn ausländische Gesandtschaften mit gekrönten und ungekrönten, schärpengeschmückten Häuptern an der Spitze unser Land besuchen. Seine Lieblingsmusik ist das Zimbelgeschepper der einheimischen Blaskapellen. So kommt es auch, daß er davon überzeugt ist, die Laternenpfähle bildeten eine Ehrengarde und er sei ein Regierungschef, die Sonnenstrahlen in der Ferne aber seien ein Blasorchester, wenn er morgens die Treppe hinuntergeht.

Nein, Hjörtur ist kein einfacher Polizist wie dein Onkel bei der Polizei, Óli. Hjörtur nimmt sich so wichtig, daß die Kinder in der Straße sich nicht einmal trauen, ihn um einen Lolly zu bitten. Die Mädchen unterbrechen ihr Seilspringen, wenn sie ihn kommen sehen, und alle Tauben stieben auf, wenn er sich seinem Auto nähert. Nein, er läßt es garantiert nicht zu, daß wir seine Muskeln befühlen. Steigt er auf der Treppe nach oben, wirkt sein Profil so hochherrschaftlich, daß man glauben kann, er wollte sich in nächster Zukunft in eine feine Zigarettensorte verwandeln.

Rannveig und Hjörtur wohnen erst seit einem halben Jahr in unserem Haus. Sie sind eingezogen, nachdem die Seemannsfamilie sich auf eher herkömmliche Weise aufgelöst hat: Der Ehemann brannte mit einer Engländerin aus Grimsby durch, und die Frau zog irgendwohin an den Arsch der Welt. Sie hatten ein Kind im Sportwagen und eins in der Wiege. Wahrscheinlich hatten sie sonst keine Kinder, weder im Sportwagen noch in der Wiege.

Doch wie dem auch sei: Rannveig und Hjörtur kauften die Wohnung. Und wenn ihr wissen wollt, wie die Dinge stehen, dann sind noch nie größere Freaks in irgendein Haus auf diesem hellblauen Planeten eingezogen. Das trifft zumindest auf die Ranka zu, denn Hjörtur läßt sich nur auf der Treppe blicken. Am Feierabend vertreibt er sich die Zeit mit Puzzlespielen von den Brüdern Kennedy oder rekonstruiert bekannte Seeschlachten, gern mit anderen haarigen Hauptmännern. Ja, liebe Leser, wenn ich dir diese Geschichte nicht in der ersten Person Singular erzählen würde, würde die Alte, die Ranka, mit ihrer beigen Bademütze hinter dem Badezimmerfenster noch das ganze Buch einnehmen.

Ich weiß, daß du verständig bist, Jóhann, sagt sie jetzt durch das Badezimmerfenster. Sie richtet ihre Worte an mich: Obwohl Óli auch nicht dumm ist, du bist verständig. Wenn du morgen früh für mich einkaufen gehst, schenke ich dir einen Mohrenkopf

Jetzt beabsichtigt die Hauptmannsfrau mit den Holzpantinen, mich mit Mohrenköpfen zu bestechen, die ihre Schwester einmal wöchentlich aus der Süßigkeitenfabrik mitbringt.

Ich werde rot.

Ich winde mich hin und her.

Ich werde rot. Ich spüre, daß mein Stoppelkopf glühend heiß wird.

Soll ich, der ich Ranka als schlimmste Hexe der Welt bezeichnet habe, soll ich mich durch Vermittlung einiger Mohrenköpfe zum Schlichter zwischen den kämpfenden Fronten dieser Welt, der Alten und den Kindern, machen lassen; soll ich zum Überläufer aus den Reihen der Kinder werden und mich in einen Sendboten für die Alte mit der Bademütze verwandeln, soll ich mich dazu hergeben, während der Gegensatz zwischen alten Tanten und Kindern den Hauptwiderspruch der heutigen Welt darstellt? Ja, ich muß sagen, daß es ein großes Mißverständnis ist, die Russen für den Hauptgegner der Menschheit zu halten, während alte Schachteln wie Rannveig in jedem zweiten Haus anzutreffen sind. Soll ich, Jóhann – du bist doch höflich, Jóhann – soll ich höflich sein? Oder soll ich fies grinsen und ihr hinter dem Badezimmerfenster die Zunge herausstrecken, soll ich cool sein und Ranka sagen, sie soll ihre Klappe halten und sich die Mohrenköpfe in den Hintern schieben?

Soll ich – soll ich nicht?

Ich fühl mich laik Hamlet.

In mir schweigen Óli und Garđar still. Ich bin entrüstet. Ich bin am Zug. Rannveig wiederholt fast zärtlich durch das Badezimmerfenster:

Komm, mach das, Jóhann, du bist doch klüger als die...

Mit einem Kopfruck fordere ich Óli und Garđar zum Mitkommen auf. Ich weiß, daß sie sich bei Mama beschweren wird. Du weißt doch, Jóhann, daß ich dir schon oft Mohrenköpfe geschenkt habe... Ich fühle mich, als würde ich einem Saal voller Teufel den Rücken zukehren, die sich vor Lachen auf den Stühlen biegen. Ich werde morgen früh für sie nicht einkaufen gehen. Soll sie doch selbst machen.

Hinter uns schließt sich das Badezimmerfenster. Óli spuckt auf die Erde. Wir hören, wie die Dusche aufgedreht wird. Meine Tochter macht gerade Mittlere Reife, kreischen wir.

Wir stecken uns auf Kommando alle die Daumen in die Ohren, wackeln mit den Fingern hin und her und schwenken unsere Zungen wie rote Fahnen in Richtung Badezimmerfenster, drehen lange Nasen wie Affen, und ziehen schließlich prustend ab, weg vom weißen Garagentor, vom Badezimmerfenster, das erneut ganz von grauem, tröpfchenfeinem Dunst beschlagen ist.

Óli hebt die apfelsinenfarbene Netzkugel auf. Wir gehen rasch hinüber auf den hellgrauen Kies vor der Garage des Elektrikers Svavar. Der Elektriker Svavar wohnt im Haus direkt gegenüber. Ja, obwohl wir überall sind, dürfen wir nirgends sein. Wir sind politisch Verfolgte zwischen den Grundstücken. Die Polizei ist uns auf den Fersen mit einer ganzen Panzerdivision splitternackter alter Tanten an der Spitze.

Jetzt ist Óli Tormann.

Óli steht vor dem Garagentor des Elektrikers Svavar.

Wenn Garđar und ich die Kugel schießen, wirft er sich auf sie wie ein Tormann aus der Nationalmannschaft; er schwebt zur Erde, als sei er ein Farbfoto im Morgenblatt, mit donnerndem Applaus im Hintergrund.

Während ich die Kugel mit dem linken Fuß schieße, strecke ich die rechte Hand vor.

Garđar kickt mit dem Spann. Er knickt um und stürzt auf den Kies.

Garđar ist wütend.

Er geifert.

Die Netzkugel grinst.

Ich grinse.

Jetzt ist Garđar am Ball; sein Schuß hätte in den Radiolautsprechern aller Länder nachhallen sollen. In seiner sabbernden Raserei donnert er eine Flanke ins Tor. Wir reißen alle unsere Arme hoch, blitzschnell vor Freude, etwa wie sowjetische Ballettänzer, während die apfelsinenfarbene Netzkugel wieder auf den Kies rollt.

Wir sagen kein Wort.

Wir treten die Kugel und ächzen ab und zu.

Die Schüsse der Netzkugel stehen im Dialog mit der Garagentür, mit uns; ausdauernd berühren unsere Füße die Kugel. Ich spüre es bis in die Augen, das Herz und die Zähne. Ich spüre mein Blut und meinen baumelnden Pimmel hinter dem Hosenschlitz.

Während ich die Netzkugel kicke, nehme ich nichts um mich herum wahr: Es gibt keine Häuser, keine Menschen, nichts außer mir, der ich vor den Häusern, den Menschen und mir stehe. Während ich die Netzkugel kicke, befindet sich die Welt in meinem Kopf.

Jeder Tritt ist ein ICH.

... und die Zeit verfliegt zwischen uns, wie eine Netzkugel, die wir nicht wahrnehmen, hier vor der Garage des Elektrikers Svavar, im sternenklaren Herbstabend, bis plötzlich ...

Die Kugel ist weg.

Die Netzkugel ist verschwunden.

Ich *stolpere über* meine Füße, denn meine Hände sind leer.

Ich schaue auf.

Da stehen zwei große, kauende Jungs, und strömen transparenten Atemdunst aus. Einer von ihnen hält die Netzkugel so hoch wie er nur kann über seinen Kopf.

Geheimbotschaft in Fingersprache

Versucht doch, sie zu holen.

Versucht doch, sie zu holen, schreit der große Junge, der die Netzkugel hält.

Versucht's doch.

Er schreit mit einer rauhen Stimme, was er ganz eindeutig auf der Toilette geübt hat, sodaß alle glauben, er sei gestern besoffen gewesen. Die Worte kommen nämlich nicht aus seinem Mund, sondern von tiefer aus dem Hals.

Versucht's doch.

Er schreit. Er lacht.

Danach dribbelt er gekünstelt mit der Netzkugel über den Kies, den hellgrauen Kies und versucht, sie vor sich herzuschieben. Er pfeift vor sich hin und fährt fort, die Kugel vor sich herzuschieben, und schmatzt auf seinem rosa Kaugummi herum. Der Atemnebel steigt in den Abend hinaus, ein grauer Dunst, der sich verflüchtigt.

Versucht doch, sie zu holen...

Wir drei stellen uns dicht um ihn zusammen. Aber er springt so hoch in die Luft, daß wir ihm kaum in den Sack kneifen können, auch wenn wir gerne wollten. Es ist aussichtslos, du bist so groß. Das ist aussichtslos. Unsere Haarspitzen berühren gerade seinen Hosenbund.

Der große Junge, der die Netzkugel festhält, hat einen Krauskopf. Lockiges Haar und lauter Pickel im Gesicht. Seinem Aussehen nach könnte er Sigurgeir heißen, ja Sigurgeir, nach seinem Urgroßvater, der vielleicht ein Pferdedieb aus dem Vestur-Skaftafell-Bezirk gewesen ist.

Nun weicht er ein wenig zurück. Er bückt sich und hält die Netzkugel zwischen den Klauen. Wie ein amerikanischer Rugbyspieler. Ja, wenn du einen Sinn für Poesie hast, kannst du den Lockenschopf auch mit einem Helm vergleichen.

Faß ihn, beiß ihn.

Wir laufen alle los. Solange er die Netzkugel in dieser Rugbyhaltung festhält, will ich sie ihm entreißen. Ja, ich will sie aus den Klauen des Krauskopfes befreien. Ich rutsche und falle. Ich spüre, wie die Zähne aufeinanderbeißen. Mir scheint, die Zunge gerät dazwischen. Nein, sie rollt wieder zurück.

Der Krauskopf mit den Pickeln, der seinem Aussehen nach Sigurgeir heißen könnte, schnellt in dem Moment hoch, als Óli und Garđar die Netzkugel packen wollen. Als sie sich nähern, springt er aus seiner Rugbyhaltung, die historisch gesehen auf die Froschstellung zurückzuführen ist. Während er aufspringt, rutscht ein silbernes Konfirmationsamulett mit Christus am Kreuz aus dem Halsausschnitt seines Pullovers.

Der Krauskopf schafft es gerade noch, die Netzkugel dem anderen Jungen zuzuwerfen, der dem Aussehen nach zu urteilen nicht Sigurgeir, sondern anders heißt, Bardi vielleicht.

Die Kugel schwebt los. Garđar verpaßt sie nur knapp. Er berührt sie mit den Fingerspitzen. An ihrer Stelle hat er das silbergraue Amulett erwischt und hängt jetzt zusammen mit Christus am Kreuz daran. Und gerade, als der Krauskopf sich aufrichtet, ja in dem Augenblick, als er den gewölbten Rugbyrücken streckt, zerreißt das Kettchen.

Garđar fällt rücklings auf den hellgrauen Kies, mit Christus an der jetzt zerrissenen, silbergrauen Kette, ja, er fällt rücklings mit Christus in der geballten Faust.

Der Krauskopf geht geradewegs auf Garđar zu und tritt ihm mit dem Fuß in den Hintern. Im lauten Schrei, der rundum widerhallt, öffnet sich Garđars Faust, Christus fällt auf den

Kies und blickt aus silbergrauen Augen hinauf in den sternklaren Himmel.

Himmel, Arsch und Zwirn, murmelt der Krauskopf, Scheiße, und steckt Christus in seine Hosentasche. Wenn Christus das gehört hätte, wenn Christus wüßte, was hier auf dem Platz vor der Garage von Elektriker Svavar vorgeht, würde er alle Pfarrer der Stadt mit Sicherheit in der Sakristei der Domkirche einschließen und danach beginnen, alle Bibeln des Landes zurückzufordern. Ja, auf jeden Fall würde er Pfarrer Daniel die Leviten lesen.

Garđar erhebt sich und hinkt umher. Er spürt den Fußtritt noch im Hintern und kommt zu Óli und mir, das Gesicht mit Flüchen bedeckt. Mag sein, daß Christus ihm unsichtbare Kräfte durch das Medaillon verliehen hat, oder mit einem einzigen Augenaufschlag ihm den Schmerz vom Hintern genommen hat.

Júlli, Júlli, brüllt der Krauskopf demjenigen zu, von dem ich dachte, daß er vielleicht Bardi hieße. Júlli, schieß hierher.

Júlli schickt die apfelsinenfarbene Netzkugel in die Luft. Sie glüht wie die Sonne am Abendhimmel, schraubt sich weit in die Luft, höher, höher, bis sie mit einem Stern herunterfällt, der in der Nähe niedergeht. Der Krauskopf packt sie, den rosa Kaugummi zwischen die Schneidezähne geklemmt.

Der Krauskopf betrachtet die Kugel und schickt sie zurück, so hoch, so hoch, daß nur die Vögel in der Luft... Und Júlli glotzt die Kugel mit offenem Mund an, wie ein Soldat, der eine Granate verschlucken will; doch die Netzkugel landet direkt auf seinem Kopf, und Júlli sagt: Scheiße.

Júlli trägt einen hellblauen, wattierten Anorak. Ganz offensichtlich gewöhnt er sein Haar an eine Entenschwanzfrisur à la Elvis und hat, damit es in Form bleibt, eine ganze Dose Brillantine hineingeschmiert. So daß durch die Netzkugel, die auf Júllis Kopf aufkommt, die Frisur durcheinandergerät und sich im Bogen auf die Stirn legt. Schnurstracks geht Júlli mit der Netzkugel zum nächsten Autorückspiegel und frisiert sich.

Warum tut ihr das?
Gebt uns die Kugel.
Das macht keinen Spaß, sage ich mit einem Schluchzen und schaue sie aus Augen an, die ich für unschuldige Kinderaugen halte. Ich hege die Hoffnung, daß sie davon gerührt sind, so wie böse Kerle in Kinofilmen, und uns die Netzkugel aushändigen, während sie sich gegenseitig in die Arme fallen und sich geloben, gleich morgen früh den Pfadfindern beizutreten.
Das macht keinen Spaß.
Rückt die Kugel raus.
Kuul-itt, bejbi, kuul-itt, sagt der Krauskopf und baut sich vor uns auf. Er bläst einen Kaugummiballon auf, eine große, rosa Kugel, die wächst und wächst, bis plötzlich: peng, der Ballon derartig zerplatzt, daß rosa Kaugummifetzen auf manchen seiner Pickel klebenbleiben.
Er fängt gleich an, seine Nase zu reiben.
Hahaha, lache ich.
Wir lachen alle.
Kuul-itt, bejbi, kuul-itt, sagt der Wind, der weht, ohne zu wehen, sagen die Lichter hinter den Fenstern der Häuser, die leuchten ohne zu leuchten, sagen die Berge im Umkreis der Stadt, kuul-itt, während die Schuhsohlen auf dem Kies knirschen, während Kaugummikugeln zerplatzen, kuul-itt... deine Gefühle sind ein Geheimnis, das niemand zu kennen braucht, kuul-itt, du scheißt auf die unsichtbar fließenden Tränen, kuulitt, bejbi, sagt der Wind, sagen die Häuser, sagen die Menschen, du bist geboren, ein Mann zu sein, kuul-itt...
Aber trotzdem. Trotzdem wollen wir die Kugel.
Kuul-itt.
Der Krauskopf mit den Pickeln klemmt sich die Kugel unter den Arm.
Er pfeift.
Sie beginnen beide zu pfeifen.
Ja, ganz plötzlich, während sie sich die Kugel zuwerfen, beginnen sie beide zu pfeifen.

Sie pfeifen in C-moll wie aufgezogene Vögel. Die untere Lippe zieht sich nach innen, die obere schiebt sich vor, die Zungenspitze sitzt zwischen den Zähnen. Höher, höher, sie pfeifen höher, höher, ein gellendes Mackerpfeifen, die Hälse wie Wölfe gereckt, höher, höher, als würden sie eine Fußballmannschaft auf dem Spielfeld begrüßen: hei.

Zwischendurch: hei, das von den Häusern widerhallt, und geballte Fäuste in der Luft.

Ich setze mich zu meinen Freunden.

Das ist völlig aussichtslos.

Während die dort pfeifend auf dem hellgrauen Kies stehen, klemmt sich der Krauskopf die Kugel zwischen den Knie. Er reagiert nicht, als ich ihn antippe. Pfeift bloß.

Ich setze mich zu den Jungs.

Ich sage nichts.

Ich setze mich und verfolge die Pfeiftöne, die wie Pfeile in den Abend dringen. Ich beobachte das Pfeifen aus ihren Mündern. Nein, nicht wie Pfeile, sondern wie Raketen. Sie knallen auf das Steinhaus des Elektrikers Svavar.

Jetzt begreife ich, wohin sie zielen.

Ich verstehe. Endlich, endlich erreichen die Pfeiftöne ihr Ziel.

Ja, ich, Jóhann Pétursson, verstehe den Inhalt der Pfiffe, während die Gardine am Fenster von Sigrún in Bewegung gerät. Ja, da begreife ich, daß die Pfeiftöne den richtigen Weg durch das Fenster genommen haben. Sie sind über den Schreibtisch geschwebt und wurden mit dem Blutkreislauf in Sigrúns Gehirn getragen, das – wie alle anderen Gehirne – die Impulse der Umgebung aufnimmt. Gleichzeitig vernimmt sie das Pfeifen im Herzen. Sie hört das Pfeifen. Ihr Herz pfeift. Sie steht auf, und die Gardine gerät in Bewegung. Sigrún wirft einen Handkuß durch das Kudo-Glas im Fenster.

Kommst du raus?, fragt der Krauskopf in einer stillen Zeichensprache, indem er mit der Linken in die Luft zeigt, später den Zeigefinger und Daumen der rechten Hand zu einem

Ring formt (dem Leser steht frei, es nachzuvollziehen) und dann drei Finger der linken Hand in den Ring hineinschiebt und wieder herauszieht – immer hin und her.

Na, kommst du raus, oder?

Sigrún nickt.

Sie lachen beide; der Kraushaarige, der aussieht, als würde er Sigurgeir heißen, und auch Júlli, der überall voller Brillantine ist.

Der Krauskopf springt mit der Netzkugel in die Luft, ja, er beugt sich zwischen seine Knie, springt hoch und schmettert die Netzkugel gegen das Garagentor von Elektriker Svavar, ganz so, als wolle er einen Strafstoß in unserer Sportbaracke landen.

Nur noch ein paar Minuten, sagt Sigrún in jener Geheimsprache, die eine viel größere Verbreitung hat als alle gesprochenen Sprachen der Welt, in jener Geheimsprache, die gerade jetzt direkt aus dem Herzen durch viele hundert Fenster der Stadt sickert. Ja, überall auf dem Erdball stehen Mädchen hinter dem Fenster und sprechen eine Fingersprache.

Júlli und der Krauskopf tanzen jetzt auf dem Kies. Überschwenglich vor Begeisterung werfen sie sich die Netzkugel zu. Sie lassen ihre Hüften mit einer Geschwindigkeit kreisen, daß man fast glauben kann, sie würden von unsichtbaren Hula-Hoop-Reifen dirigiert, die sie nicht abstreifen können. Sie tanzen und schnippen mit den Fingern, sie tanzen auf einem imaginären Schulfest, während die Netzkugel zwischen ihnen durch die Luft fliegt. Sie fliegt so hoch, daß wir uns in Vögel verwandeln müßten, wollten wir sie erreichen. Ja, ich, Óli und Garđar müßten unseren Menschenkörper verlassen und uns Flügel wachsen lassen, wenn wir die Apfelsinenfarbene aus der Luft fangen wollten.

Aber wir hocken nur auf der Mauer.

Durch unsere Kapitulation haben wir unsere Hilflosigkeit eingestanden.

Da sitzen wir alle drei: Die Ellbogen auf die Oberschenkel

gestützt und die Fäuste unters Kinn gestemmt. Als ob wir darauf warteten, daß die Netzkugel von selbst einen Aufstand gegen die zwei großen Jungs vom Zaun brechen wollte. Sie werfen sie sich einfach zu und tun so, als hätten wir nie das Wöchnerinnenheim in der Eiríksgata verlassen, sondern wären irgendwo zwischen den Welten verlorengegangen, obwohl wir hier auf der Mauer vor dem Haus des Elektrikers Svavar sitzen, hundertprozentig lebende Wesen.

Ja, und wie ich hier so auf der Mauer sitze mit Augen, Herz und Zähnen, ja, ich, der ich Jóhann Pétursson heiße und all das, da beschleicht mich das Gefühl, daß die Jungs neben mir nichts anderes als ein Taschenspielertrick sind, und daß ich niemals in ein gelb lackiertes Gitterbettchen gelegte wurde, mit einer Windel am Hintern... Augenblicklich produziere ich einen Doppelgänger auf dem Mond und kann mich auf der anderen Seite der Erde entlanggehen sehen, in einem Spiegel, der alle Wünsche erfüllt...

Schmerz im Sack

Sigrún, die sich gerade noch im Fenster gezeigt und den Burschen in ihrer speziellen Geheimsprache zugewinkt hat, sitzt jetzt an ihrem Schreibtisch, einem Konfirmationsgeschenk, und schminkt sich, nachdem sie ein bißchen Gesichtsgymnastik gemacht hat...

Auf dem Tisch knatscht der Amisender verschwommen aus dem Kofferradio. In der Zimmerecke blinzelt die Puppe im durchsichtigen Kleid mit den Augen. Einmal, als die Eltern nicht zu Hause waren und Sigrún »die ganze Blase« eingeladen hat, zeichneten zwei der Jungs mit knallrotem Filzstift einen Strich zwischen die Puppenbeine.

Ihr Schweine, sagte Sigrún.

Sigrún hat diesen Filzstiftstrich längst mit Spucke und den Fingern verrieben, denn das war einmal, und »es war einmal« ist Vergangenheit. Jetzt ist Sigrún auf dem Weg nach draußen, zu den Jungs, die Ólis Netzkugel hin- und herwerfen. Sie will rausgehen, sie will dem Schreibtisch entkommen, wo sie sich selbst im Mikroskop betrachtet und die Mitesser auf ihrer Stirn zählen kann, aus lauter Verlangen, etwas anderes zu tun.

Raus, raus, raus.

Sigrún ist die Tochter des Elektrikers Svavar. Sie wohnt hinter dem Glas, auf das die Pfiffe trafen. Sigrúns Mutter heißt Lóa. Sie ist selbstverständlich die Ehefrau des Elektrikers Svavar.

Die Jungs, die draußen auf Sigrún warten, Júlli und der Krauskopf, der aussieht, als ob er Sigurgeir hieße, fürchten Svavar sehr. Sie glauben, er könnte ihnen mit dem Steigeisen auf den Kopf schlagen oder ihnen einen Stromstoß in den Arsch senden.

Ich kann euch sagen, daß der Elektriker Svavar auch tatsächlich stark ist. Papa hat mir erzählt, daß Svavar, als er noch zur See fuhr, nicht nur mit Eisbären gerungen und mit Gorillas geboxt hat, er hat gelegentlich auch die ganze Schiffsbesatzung in die Kojen hinuntergeschleppt, nachdem er die bewußtlosen Seebären aus den Bordellen eingesammelt hatte, an den Arschbacken hochgerissen und wie Babys ins Bett gepackt.

Außerdem geht das Gerücht, daß alle Tanzlokale der Stadt Svavar gleichzeitig einen Job als Rausschmeißer mit Barmixerzuschlag angeboten haben. Doch da war Svavar bereits mit dem elektrischen Strom verheiratet. Und er konnte keinen Zusammenhang sehen zwischen der Elektrifizierung unseres Landes und der Tätigkeit als Rausschmeißer in Tanzlokalen.

Svavar will kein Rausschmeißer sein. Das ist kein Job für mich, sagt er. Außer wenn pickelige Mittelschüler mit dem Mund voller Kaugummi hereinkommen und nach Sigrún fragen. Ja, da wird jeder Nerv in ihm zum Türsteher, und sein Gesicht verwandelt sich in einen Boxhandschuh ... »denn meine Sigrún ist nämlich kein öffentliches Verkehrsmittel, wo man auf die Sitze machen kann ...«, wie er einmal stockbesoffen bei uns zu Hause am Küchentisch zu Papa sagte.

Und jetzt warten gleich zwei draußen auf sie; zwei pockennarbige Mittelschüler mit deiner Netzkugel, Óli, die Gedanken rosa eingefärbt von Sigrúns Lippenstift.

Sie wagen nicht, auf die Klingel zu drücken, wagen es nicht aus Angst vor Svavar. Denn wenn sie klingeln würden, könnte Svavar sich aufraffen, der still in seiner Werkstatt sitzt und für die Kinder in der Straße Wale zurechtschnitzt oder Hula-Hoop-Reifen aus Isoliermaterial zusammenbiegt.

Sie trauen sich nicht.

Sigrún hat ihnen außerdem gesagt, daß es viel klüger sei zu pfeifen: Ich höre es immer, es sei denn, es ist was Duftes im Radio.

Sigrún, die Tochter des Elektrikers Svavar, die jetzt vor ihrem Schreibtisch sitzt und sich schminkt, mit den engsten Jeans in der ganzen Straße, und ihr Wackelhintern ist im ganzen Viertel berühmt.

Sogar ich, Jóhann Pétursson, habe davon im Kiosk von Siggi erzählen hören, auch wenn ich, wenigstens bis jetzt, auf segensreiche Weise vom Interesse an Hintern völlig verschont geblieben bin.

Sigrún die hat Schenkel, Brüste, ach, wenn man nur wüßte, wüßte, macht sie heut die Beine breit oder hat sie keine Zeit, sagen die großen, pickligen Jungs im Kiosk und greifen in die leere Luft. Ja, ihre Brüste sind sicherlich weicher als der neue Mopedsitz... brrmm, brrmm, die Jungs drehen auf... und hinter dem vergoldeten Reißverschluß ihrer Jeans verbirgt sich ein ganzer Lustgarten mit roten Treppen in die Unendlichkeit.

Läßt sich mit jedem ein.

Total scharf.

Ja, und es ist bestimmt in die Protokolle der Schulbehörden eingegangen, als Sigrún sich vor der Schultafel auszog und nackt um das Lehrerpult tanzte; nicht allein deshalb, weil sie nackt tanzte, sondern auch, weil mitten im Geschehen der Zoologielehrer mit seiner Fischkarte ins Klassenzimmer platzte und einen Nervenzusammenbruch erlitt. Der Krankenwagen mußte ihn sogar abholen.

Die Sigrún, ja, die Sigrún.

Sie hat ihnen gesagt, daß sie pfeifen sollen, denn sonst rastet mein Alter aus und läßt mich nicht weggehen.

Jetzt haben sie gerade gepfiffen, der Krauskopf, der aussieht, als hieße er Sigurgeir, und Júlli mit der Brillantine und dem wattierten Anorak.

Überall in der Stadt wird gepfiffen.

Oben bei den Hochhäusern wird gepfiffen. Unten in der Stadt wird gepfiffen. Überall wird gepfiffen: in Amerika, in England, in Frankreich. Überall wird gepfiffen.

Und in den Scheiben blinzeln die Lampen.

Und Handküsse fliegen durch die Gardinen.

In der ganzen Stadt wird gepfiffen.

Überall wird gepfiffen.

Pfeifen ist eine spezielle Sprache, unabhängig von Selbstlauten und Mitlauten, in Wirklichkeit ein ununterbrochener Selbstlaut, der die Fensterscheiben durchdringt. Jeder Pfeifton bedeutet ein ganz bestimmtes Wort aus der Tiefe der Seele, wenn auch kein Wort jenen Ton vollkommen zu umschreiben vermag.

Pfeifen ist Jungssprache.

Bloß die schwulen Sodos können nicht pfeifen.

Das gleiche gilt für die Zeichensprache von Sigrún: Sie besteht aus einer bestimmten Fingersprache, die ganz gewissen Regeln unterworfen ist. Während einer bestimmten Entwicklungsphase des Trieblebens erlernen alle Mädchen diese Sprache, vergessen sie aber sofort wieder, wenn sie familienstandsrechtlich die Verfügungsgewalt über den Türsummer erlangt haben.

Sigrún sitzt am Schminktisch.

Der Elektriker Svavar wischt Holzspäne von der Hobelbank in seiner Werkstatt. Entweder schnitzt er Wale, oder er biegt Hula-Hoop-Reifen für die Kinder in der Straße zusammen.

Alle Kinder besitzen einen Hula-Hoop-Reifen von Svavar.

Ich habe zwei.

Manchmal wenn Svavar besoffen ist, kommt er heraus und macht mit den Kindern Hula-Hoop. Er windet sich mit Hula die Straße entlang, den Himmel wie ein Zirkuszelt über sich, bis es soweit kommt, daß er sich mit seinem Anzug und allem drum und dran in eine Pfütze wirft. Dort sitzt er dann, mit dicken Negerlippen vom Suff und wartet, bis Lóa erscheint, fast wie die Alte mit der Teigrolle aus den Karikaturen, in einem geblümten Kleid, und sie schleppt ihn mit dem pfützennassen Arsch und dem Hula-Hoop-Reifen um den Hals nach Hause.

Einige Tage danach verläßt Svavar sein Haus morgens leise mit seinem Elektrikerwerkzeug und kommt ebenso unauffällig abends zurück, wo er sich in seine Werkstatt einschließt und Hula-Hoop-Reifen zusammenbiegt oder Wale schnitzt. Die teakfarbigen Wale hängt er allenthalben an der Wand seiner Werkstatt auf, die, wenn es so weitergeht, bald zu einem Museum wird, ohne wirklich eins zu sein.

Jetzt ist Svavar allein.

Denn es war gerade erst vorgestern, als Lóa ihn aus der Pfütze auflas, wo er sabbernd mit vier kleinen Mädchen saß. Ja, vorgestern; am gleichen Tag, an dem ich Óli mit dem Zimmermannshammer auf den Kopf gehauen habe.

Svavar ist allein.

Im Zimmer am anderen Ende der Wohnung sitzt Sigrún. Sie ist auch allein und betrachtet sich im Schreibtischspiegel. Sie muß sich vorbereiten, ehe sie ausgeht, um die Jungs zu treffen, die jetzt auf dem hellgrauen Kies tanzen und sich die Netzkugel zuwerfen.

Hier ist der rosa Lippenstift.

Hier ist der Büstenhalter mit den Raketenkopfspitzen.

Etwas Watte darin.

Ja, etwas Watte; nicht, weil die Brüste zu klein sind, sondern um sie noch größer scheinen zu lassen.

Die Jeans eng in der Taille.

Und Spieglein, Spieglein an der Wand.

Brüste, Brüste, Schenkel, Schenkel.

Immer noch werfen die Jungs, die draußen auf Sigrún warten, sich die Netzkugel zu. Ich habe immer noch den Doppelgänger auf dem Mond. Ich habe nicht mehr den geringsten Zweifel daran, daß wir, die wir hier auf dem kleinen Betonmäuerchen sitzen, nur eine optische Täuschung sind. Ich, Óli und Garđar.

Zumindest nehmen uns die großen Jungs nicht wahr, während sie die Netzkugel hin- und herwerfen. Sie wackeln mit den Hüften und twisten wie Schlagersänger über den hellgrauen Kies.

Kuul-itt, bejbi, kuul-itt, sagt der Krauskopf, der aussieht als hieße er Sigurgeir, jedesmal, wenn wir ihn bitten, uns die Netzkugel zurückzugeben.

Kuul-itt, bejbi.

Wart's ab...

Das heißt gar nichts.

Selbst wenn die Menschenrechtskommission der Vereinten Nationen die Netzkugel unserer Seite der Kampflinie zuerkennen würde, auch wenn uns vierzehn französische Philosophen mit ihrer Unterschrift unterstützen würden, ja, egal, was passieren würde, sogar wenn Kennedy persönlich die Straße entlangkäme: Sie würden einfach weiter mit unserer Kugel über den Kies twisten. Mit so einem Pack ist nicht zu reden. Das sind pockennarbige Brillantine-Freaks mit Läusen im Arsch. Ja, genauso wie es auf Gewerkschaftssprache heißt: Wenn der Verhandlungsweg ausgeschlossen ist, droht als Konsequenz ein blutiger Faustkampf; das klingt, als würde ich direkt aus einem Streikaufruf zitieren. Ich bücke mich und sammle hellgraue Kiesel auf.

Ich sehe dich an, Óli.

Ich sehe Garđar an.

Vorwärts, zur Sonne, zur Freiheit... und hellgrauer Kies regnet auf sie herab. Es braust und schallt wie in den Liedern des CVJM.

Ich bin ein heulender Indianer.

Jetzt geraten sie wieder in Rage.

Júlli bedeckt seine Haare, damit die Frisur, die er gerade vorhin im Autorückspiegel gerichtet hatte, nicht durcheinandergerät, ehe Sigrún erscheint, denn Sigrún soll ihn sehen, so wie er jetzt ist, mit der Tolle in der Stirn... Er bedeckt sein Haar, so daß unsere Steinchen auf seine Finger knallen.

Der Krauskopf dagegen, der so aussieht, als würde er Sigurgeir heißen, schüttelt sich die Steinchen einfach aus dem Haar. Ihm geht es gut. Er tut so, als würde er uns die Netzkugel zuwerfen. Die Steinchen landen in seinen Locken, die seinen Kopf wie ein Rugbyhelm umschließen. Sie sind ihm leicht wie Laub. Ja, vielleicht ist er wie jener Riese, der alle Steine des Weltalls tragen und sogar das Meer austrinken konnte, ohne seinen Durst zu löschen.

Versucht doch, sie zu holen.

Versucht doch, sie zu holen, ihr kriegt auch einen Groschen, wenn ihrs schafft, und könnt eure Oma ins Kino einladen, hahaha. Júlli, sie wollen ihre Oma ins Kino einladen, hahaha, die kleinen Hengste.

Ihihihi, sagen wir im Chor, ihihihi.

Ich will meine Kugel zurückhaben, sagt Óli mit blökender und weinerlicher Stimme: Ich hab sie von Opa. Óli, du ziehst deine Stimme durch die Nase hoch, um die Schluchzer zu unterdrücken.

Hast du gehört, Júlli, sein Opa pißt Netzkugeln!

Die Netzkugel... Ich sags meinem Papa, und der kommt euch verprügeln.

Óli, während du das sagst, blinkt die Beule auf deinem Kopf.

Kuul-itt, bejbi, kuul-itt, wir hauen ihm einfach auf die Rübe, sagt der Krauskopf,

Das werdet ihr ni... sagt Óli, und versucht, den Satz zu Ende zu sprechen, während sie sich vor uns aufbauen und beide gleichzeitig sagen:

Dein Vater ist zuhaus, er zieht die Mutter aus, rein-raus-rein-raus, fertig ist der kleine Klaus.

Sie wenden sich wiehernd einander zu, ehe sie lachend davongehen.

Ihr haut... nicht...

Die Augen glänzend vor Tränen und die Beule wie ein Horn auf dem Kopf, Óli, rennst du los. Man kann dein unterdrücktes Weinen hören, als du Anlauf nimmst und den Krauskopf mit deinem Schädel rammst.

Der Krauskopf brüllt, als hieße er Sigurgeir.

Vor Spannung ziehe ich Spucke in die Nase hoch.

Kuul-itt, bejbi...

Mit Schmerzgebrüll legt sich der Krauskopf hin. Er wälzt sich auf dem Kies, beide Hände auf den Schritt gepreßt, jault wie ein Hund, auuuuh und oooh; der Kaugummi fällt lose in seinem Mund herum.

Nur Sekundenbruchteile später erfüllt seine wahnsinnige Stimme die Abendstille. Sie verfolgt uns, sie verfolgt uns. Seine Stimme dringt in alle Schlupfwinkel der Gedanken. Wäre ich doch nur die Katze, die neulich im Drei-Uhr-Kino Mausefallen hinter sich ausgelegt hat. Vor mir erscheint ein brüllender Wolf mit blutigen Lefzen. Ich erkenne den Löwen, der den Vorspann der Metro-Goldwyn-Meyer-Filme einbrüllt; er lehnt sich aus dem Wohnzimmerfenster von Nummer 16.

Das kriegst du zurück.

Das kriegst du zurück.

Der Krauskopf hält die apfelsinenfarbene Netzkugel in den Händen. Seine Beine holen so weit aus, daß er aufpassen muß, sich nicht den Hintern aufzureißen.

Kuul-itt, bejbi, kuul-itt, sagt der Wind, ohne zu wehen, kuul-itt...

Deine Beine, Óli, sie wirbeln vor Angst. Sie wirbeln so schnell, daß du Gefahr läufst, Óli, auf der Stelle zu treten. Doch dann ZACK: Mit Geheul rennst du die Straße entlang, wie ein Kaninchen im Zeichentrickfilm, weit vor Garđar und mir, ja, du bist ganz allein und hast den ausholenden, krausköpfigen Pickelfreak direkt auf den Fersen.

Er geifert vor Wut, während du, Óli, auf die Treppe einbiegst, die vom Transformatorenhäuschen zur nächsten

Straße hinunterführt. Genau in dem Moment, als der Krauskopf mit der apfelsinenfarbenen Netzkugel zielt, biegst du ab.

Für einen Augenblick ist die Welt wie ein Boxhandschuh: Er will dich treffen, Óli, schräg unter das Kinn treffen, gerade als du abbiegst, ein vernichtender Schlag aus unmittelbarer Nähe. Es pfeift in der Kugel, die sich knapp an deinem Stoppelkopf vorbeidreht, Óli.

Einen Moment später hört man auf dem Bauernhof etwas zerbrechen.

Der Bauernhof in der Dunkelheit

Bauernhof?

Ja, beim Bauernhof hört man etwas zerbrechen. Eine Scheibe zersplittert. Offensichtlich ist die Netzkugel durch ein Fenster geflogen und hat einen Blumentopf mitgerissen. Jetzt springt sie wahrscheinlich auf dem ausgelaugten Holzboden ... und die alte Magga, die buckelig in ihrer Strickjacke dasitzt, betrachtet voller Verwunderung diesen apfelsinenfarbenen Mond.

So jedenfalls stelle ich, Jóhann Pétursson, mir die Szene vor, wenige Sekunden, nachdem das Klirren verstummt ist. Ja, und ich sehe auch, wie Skúli in seinem karierten Hemd sich bitterböse im Bett aufrichtet, weil man ihn geweckt hat, und er streckt sich nach der Knarre am Fußende ja, man kann nie wissen – vielleicht haben außerirdische Wesen den Bauernhof umstellt und den Krieg erklärt.

Davon abgesehen steht der Bauernhof an der gleichen Stelle wie sonst, mitten auf der Straße zwischen all den Mehrfamilienhäusern, von denen einige sich erst als Verschalung erheben, andere bereits vollständig fertiggestellt sind, mit Kindern und Eltern auf jeder Etage. Ja, der Bauernhof steht an der gleichen Stelle und rührt sich nicht vom Fleck, es sei denn in Geistergeschichten.

Der Bauernhof hat drei Giebel und ein Torfdach, und die Fenster sind voller Blumen. Vor den Fenstern stehen die einzigen überlebenden Bäume in unserer Straße. Daran wachsen rote Beeren, von denen die Mütter in den Häusern im Umkreis sagen, sie seien giftig. Ja, geht lieber hinunter in den Park und pflückt euch Sauerampfer, anstatt immer Skúlis Beeren zu klauen.

Die Bäume vor dem Fenster sind steinalt und hoch. Mindestens so hoch wie ich, malgenommen mit zwei, wenn nicht mit drei. Hinter den Bäumen im Garten, genau auf halbem Weg zwischen dem Transformatorenhäuschen und dem Bauernhof, steht eine Vogelscheuche mit Hut. Sie trägt Skúlis alte schwarze Jacke, die er noch trug, als er den Kuhstall ausmistete, das heißt also, bevor die Häuser in unserer Straße gebaut wurden.

Jetzt steht die Vogelscheuche eher zur Zierde und aus alter Gewohnheit da. Sie steht einfach verlassen wie ein Landstreicher da, denn sie verjagt keinen einzigen Vogel; überall lassen die Möwen sich nieder und zupfen alle an den Haaren, die keinen Stoppelschnitt haben, weshalb in Wirklichkeit der Friseursalon die beste Vogelscheuche des Viertels ist. Laß dir die Haare schneiden, und die Vögel lassen dich in Ruhe, es sei denn, du trägst einen Vogelnamen. Die Vogelscheuche dort im Garten allerdings macht Kindern Angst, wenn sie im Dunkeln am Transformatorenhäuschen hinaufgehen.

An manchen Abenden entfernt Skúli die Vogelscheuche und hängt sie an der Seitenwand der Trafostation auf. Wenn er damit fertig ist, legt er ihr eine Nylonsocke mit einem Gummiball darin auf den Kopf. Und dann übt er sich im Zielen, indem er Korken aus einer Knarre abfeuert. Treffen die Korken den Gummiball, schnellen sie vom Trafohäuschen zu Skúli zurück. Wo jetzt das Trafohäuschen steht, stand früher ein Hühnerstall.

Und noch eins kann ich euch sagen, der ich hier neben Garđar in der Dunkelheit stehe und darauf warte, daß du, Óli, der du irgendwo in die Gegend gerannt bist, dich zu erkennen gibst, ja, das eine kann ich euch sagen, der ich hier stehe und den Bauernhof betrachte, nämlich daß der Krauskopf gut daran täte, sich aus dem Staub zu machen und keinen Gedanken mehr an dich, Óli, zu verschwenden, obgleich du ihm die Beule auf deinem Kopf in den Sack gerammt hast. Denn wenn ich, Jóhann Pétursson, die Lage richtig beurteile, dauert es nämlich nicht mehr lange und Skúli erscheint mit der Knarre in der Tür.

Ja, selbst wenn er die Netzkugel nicht durch die Scheibe des mittleren Giebels geworfen hätte, täte er am besten daran, sich schnellstens aus dem Staub zu machen. Ebenso ist der beste Platz für mich und Garđar hier hinter dem Zaun neben dem Haus Nr. 16, wo wir jetzt sitzen.

Wenn nämlich Skúli mit der Knarre in der Türöffnung erscheint, kann niemand sagen, ob er die Knarre in der Hand hat oder ob sie es ist, die durch ihn denkt.

Einige Leute behaupten, daß Skúli oft, wenn die Nacht hereinbricht und die Dunkelheit die Macht übernimmt, graubärtig und nackt die Straße entlanggehe und Sterne abschieße, sich freue, wenn sie glühend niederfielen und einen wilden Tanz um die Laternenpfosten tanze.

Davon weiß ich, Jóhann Pétursson, nichts, denn ich schlafe nachts immer. Aber Skúli ist jedenfalls tagsüber sehr selten zu sehen. Auch habe ich noch nie einen großen, hellblauen Stern auf der Straße entdeckt, aber manchmal morgens hat jemand die Luft aus allen Autoreifen gelassen. Vielleicht war es Skúli aus Protest gegen die Trafostation, denn früher konnte er sich da Eier aus dem Hühnerstall holen. Heute findet er nur elektrisches Gebrumme vor.

Pst, sage ich zu Garđar und lege den Zeigefinger auf die Lippen. Ich will den Krauskopf vorbeilassen.

Da kommt er. Er geht vorbei. Er schieb seinen Sack zurecht. Aus seinen Ohren wachsen Hoden. Da geht er laut fluchend mit Jesus in der Hosentasche. Hinter der nächsten Hausecke erkenne ich dein Gesicht, Óli. Wie ein Halbmond guckt es um die Ecke. Ich winke dir zu, Óli, du kannst kommen, denn der Krauskopf, der aussieht, als würde er Sigurgeir heißen, ist weg.

Keuchend kommt Óli heran und setzt sich zu uns hinter den Zaun.

Hab ich das nicht gut gemacht?

Ja, doch, ... pst, sei still.

Das war knapp.

Pst.

Ich will aber die Kugel haben.

Ja, ja, wart ab.

Ich hab doch nichts kaputt gemacht.

Jetzt lugen sechs Augen über den Zaun, ich, Óli und Garđar, zusammen sechs Augen, die wissen wollen, was aus der Netzkugel wird. Sie sind natürlich keineswegs sicher. Es könnte nämlich durchaus passieren, daß Skúli sie hoch in die Luft schießt in der Hoffnung, einen neuen, apfelsinenfarbenen Stern am Himmel zu erschaffen. Würde er das tun, hätten wir Glück gehabt. Denn wie du dir vorstellen kannst, ist Skúli kein gewöhnlicher Skúli. Nur eins wissen wir mit Sicherheit: Die Kugel kommt bestimmt nicht auf demselben Weg aus dem Bauernhof, auf dem sie hineingelangt ist.

Magga, Skúlis Mutter, trägt im ganzen Viertel Zeitungen aus. Jeden Morgen marschiert sie hinaus ins Wetter, mit zwei grünen Zeitungstaschen voll mit druckschwarzen Morgenblättern. Von Magga heißt es, sie sei eine Zauberhexe, und niemand kann mit Sicherheit sagen, wie alt sie ist. Einmal, als Papa mit Gästen beim Abendkaffee saß, hörte ich, wie er sagte, daß sie noch vor den ersten Siedlern, schon mit den Hochsitzsäulen, gekommen sei.

Ich – ich weiß, daß das gelogen ist.

Aber ich, der ich Jóhann Pétursson heiße und alles, kann mit zehn Fingern bei Gott beschwören, daß ich einmal Zeuge wurde, als Magga mitten auf der Straße stand und nur mit ihren Blicken einen fliegenden Vogel zum Stillstehen brachte.

Und erst kürzlich, gerade vor einigen Tagen, habe ich beobachtet, wie sie vor ihrem Bauernhof stand und sieben Katzen aus dem Hemdsärmel schüttelte.

Skúli dagegen hat die Schwelle des Bauernhofes einige Jahre lang kaum überschritten. Höchstens nachts, falls da was dran ist. Ja, seit sein Pferd vor drei Jahren gegen die Wand des Trafohäuschens gerannt ist und sich den Schädel brach, hat Skúli die Schwelle des Bauernhofes kaum überschritten. Seit jenem Tag, an dem er die Zeitrechnung der ganzen Menschheit mißt, hat er fast nur noch im Bett gelegen und Magga das Zeitungaustragen allein überlassen.

Doch pst, wartet, pst.

Jetzt hört man die Haustür knarren.

Skúli hat sich aufgerappelt.

Normalerweise liegt Skúli in seinem karierten Hemd und mit Hosenträgern im Bett, außer wenn er Zielen übt, indem er Korken auf die Vogelscheuche abfeuert und seine Zehen betrachtet, wie sie aus den löchrigen Socken hervorlugen.

Was zum Teufel, hört man vom Bauernhof.

Ich wage kaum zu atmen, ich wage kaum zu existieren, ich wage kaum ...

Graubärtig steht Skúli vor dem mittleren Giebel und hält die apfelsinenfarbene Netzkugel in der Hand.

Was zum Teufel ... keine Nachtruhe in diesem verdammten Nest, was sollen all die Häuser voller Kinderteufel hier?

Wem gehört dieser Ball?, schreit Skúli in den Abend hinaus.

Keine Reaktion.

Ich höre uns atmen, sechs Augen, die Luft holen, die umherwandern hinter dem Zaun.

Derjenige soll das hier kennenlernen – Skúli hält die Knarre in die Luft, als wäre er zur Marmorstatue eines Freiheitskämpfers erstarrt.

Keine Reaktion.

In unseren Augen, es sind sechs, weil wir zu dritt sind, wendet uns Skúli den karierten Rücken zu und geht ins Haus hinein.

Kurz danach erscheint er wieder, und ein Messer blitzt auf. Das blaue Mondlicht schimmert auf dem Küchenmesser. Skúli dreht die Augen zum Himmel, wie um sich von dort, aus einer anderen Welt, Kraft zu erflehen. Dann erhebt er das Messer und zerteilt die apfelsinenfarbene Netzkugel in zwei Hälften.

Zweigeteilt fliegt die Netzkugel über die Bäume vor dem Bauernhof... und bumm: Skúli knallt die Tür hinter sich zu, und Óli und ich fangen je eine Hälfte der Netzkugel auf.

Hoffnungsloses Schluchzen ist Ólis Reaktion, während die Uhr in der Sternkarte des Himmels rasch auf die Schlafenszeit zutickt.

Vorn auf der Straße sehe ich Sigrún und die beiden Jungs, Júlli und den Krauskopf, der aussieht, als ob er Sigurgeir hieße, in ihren knallengen Jeans mit schaukelnden Hintern entlanggehen; dermaßen eng, daß die Arschbacken sich vorwölben, als seien die Hosen aus Holz geschnitzt.

Während Óli sich wieder faßt und lernt, mit der zweigeteilten Netzkugel zu leben, sollte ich euch vielleicht davon berichten, was Sigrún und die großen Jungs tun werden. Eins kann ich euch gleich vorweg sagen, nämlich daß sie nicht nur einen kleinen Spaziergang unternehmen, daß sie auch keine Rechenaufgaben lösen, und am allerwenigsten Weihnachtsfiguren basteln oder ein Chorprogramm für die Schule vorbereiten wollen.

Nein, nein – nichts von alledem.

Aber ich weiß genau, was sie vorhaben, ich weiß es..., denn ich, Jóhann Pétursson, habe ihnen einmal nachspioniert.

Wenn ich es euch verrate, riskiere ich natürlich, daß der Krauskopf mich verprügelt. Er würde mir den Schädel einschlagen, mir Matsch in den Mund stopfen und kuul-itt, bejbi, kuul-itt, sagen, wenn ich um Hilfe schriee. Danach würde er mich in die Mülltonne stecken und den Deckel mit einem Stein beschweren.

Aber ich kann der Versuchung nicht widerstehen, denn ich weiß, daß die löchrige Straße unter ihren Füßen sie direkt zum Spielplatz führt, zum Spielplatz, um den ein Gitterzaun herumführt und wo abends niemand vorbeikommt. Tagsüber herrschen dort Kindergärtnerinnen in wattierten Anoraks und Stretchhosen.

Ich kann euch sagen... sie wollen nicht schaukeln oder wippen, auch nicht Karussell fahren, NEIN, neben dem Schuppen des Spielplatzes ist eine Bank, und unter der Bank sind hellgraue Steinplatten.

Jetzt gehen sie durch die Pforte.

Sigrún wird sich rücklings auf die hellgrauen Steinplatten legen, nachdem Júlli seinen wattierten Anorak untergelegt hat, damit Sigrúns Wackelhintern nicht kalt wird. Während sich das abspielt, wird der Krauskopf mit seinem Kaugummi im Mund aufpassen, daß keiner kommt.

Wenn ich jetzt spionieren würde, könnte ich vielleicht sehen, ob Júlli sich auch untenrum mit Brillantine einschmiert. Genau in diesem Augenblick wirft der Krauskopf Kleidungsstücke über die beiden. Sie legen sich unter der Bank zurecht. Als nächster ist der Krauskopf dran, ja, er kommt nach Júlli dran, mit all seinen Pickeln in Reih und Glied.

Wenn ich jetzt spionierte, könnte ich sehen, ob er auch Pickel am Arsch hat.

Manchmal ist der Spielplatz voll von Jugendlichen, die aus dem Kiosk von Siggi herbeiströmen und sich unter den Bänken mit ihren Anoraks zudecken. Rundum glitzern die Mopeds, und der Abend jagt mit Lichtgeschwindigkeit zwischen den Augen vorbei.

Der Glasberg

Durch ihre Zweiteilung erinnert die Netzkugel gewissermaßen an den Zustand der Welt.

Wenn du Herkules wärst, Oli, und die Netzkugel die Welt, dann würdest du sie einfach zur Ehre der Menschheit wie zwei Topfdeckel zusammenklatschen.

Hahaha.

Aber du bist nicht Herkules, Óli, du bist bloß ein stoppelköpfiger Junge mit einer Beule auf dem Kopf.

Vielleicht hast du auch einfach Glück gehabt, denn Skúli hätte dich genausogut mit der Knarre erledigen oder mitnehmen und in eine weitere Vogelscheuche verwandeln können.

Ja, vielleicht hast du Glück gehabt.

Dessen ungeachtet verstreust du Hoffnungslosigkeit auf der Straße, ganz als ob deine Seele aus unzähligen, kleinen Flugblättern bestünde.

Du verstreust sie. Und hier in der Dunkelheit ähneln wir drei, ich, du und Garđar, weitaus eher herumstreunenden Katzen als frisch im Frisiersalon von Anton Sigfinnsson gestutzten Jungs.

Da gibt es nicht viel zu sagen. Da gibt es nichts zu tun.

Selbst ein Wort des Trostes, ein kleines, süßes Wort des Trostes mit mütterlicher Betonung auf den Selbstlauten, würde in deinen Ohren wie eine Kränkung klingen; alles wegen einer Netzkugel, die dein Opa beim Fischausrüster Ellingsen gekauft hat.

Stell dir vor, Óli, eigentlich bist du der Sieger hier in der Dunkelheit; du hast deine Beule dem krausköpfigen Pickelfreak in den Sack gerammt! Das hast du dem Zimmermannshammer zu verdanken, das hast du mir, der ich den Hammer führte, zu verdanken, meinem Vater, dem der Hammer gehört, dem Laden, der den Hammer verkaufte. Ja, es lebe der Zimmermannshammer!

Óli bejbi.

Unsere deprimierten Gesichter sind vom Verlust gezeichnet. Ich weiß, Garđar würde dich zart mit seinen Stachelfingernägeln streicheln, wenn er sie nicht alle abgekaut hätte ... und ich würde dich mit meinem eigenen Blut auf die Namen aller Söhne der Brüder Kennedy taufen, sollte mein Guthaben bei der Blutbank des Herzens dazu ausreichen.

Alles, was wir tun können, ist das Schweigen mit dir zu teilen und zu versprechen, für eine Netzkugel zusammenzulegen, wenn demnächst unsere Spardosen wieder geöffnet werden. Ich könnte den 25-Kronen-Schein dazulegen, mit dem ich das Matchboxauto für dich hätte bezahlen sollen, als der Spielzeughändler in seinem Schaukelstuhl schlief. Und aus der Sicherheit unseres geistigen Bunkers greifen wir Skúli mit Schleudern an, auf der Trafostation wird gekämpft, wir klemmen dem Krauskopf, der aussieht, als ob er Sigurgeir heißt, seinen Pimmel mit einer Wäscheklammer zu.

Meiner Ansicht nach ist die Hoffnungslosigkeit auf dem absteigenden Ast.

Alles ist sonnenklar: Der Erdball zweigeteilt, die Netzkugel in zwei Hälften. Sieh die Laternenpfähle an: die weinen nicht. Ja, Óli, wenn du jetzt nicht aufhörst zu wimmern, wachst du womöglich irgendwann im nächsten Jahrhundert auf und hast fünfzig Jahre gejammert. Dann glauben die Anstaltsärzte, daß die Netzkugel nur ein Symbol für dein gespaltenes Bewußtsein ist und verabreichen dir die härtesten Medikamente, die sich seit den Parties der römischen Kaiser in Umlauf befinden.

Óli, iz nao or nävör.

He, Gaí, sollen wir nicht abhauen?, sage ich.

Doch, wir können ruhig mal lostraben, sagt Garđar mit den verträumten Fenstern des Friseursalons im Blick.

Ich werd euch... sagt Óli und beißt seine halbwüchsigen Backenzähne dermaßen aufeinander, daß der angefangene Satz zerbröckelt.

Das Licht der Straßenlaternen scheint grün. Um die Lampen herum zieht sich ein Regenbogen. Wenn du einen Stein hochwirfst, kannst du den Regenbogen zerschlagen. Und ich kann dir sagen: während er in sich zusammenfällt, gehen deine Wünsche irgendwo anders auf der Erde in Erfüllung.

Kuul-itt, bejbi, sagt der Wind, ohne zu wehen, kuul-itt...

Nein, wir sind nicht in Laune, Glühlampen zu zerdeppern.

Du weißt doch, Jóhann, das erscheint alles auf unserer Stromrechnung, sagt Papa in meiner Erinnerung, denn der Grabsteinhändler Lárus – Lalli Grab genannt – hat mich einmal nach Hause gebracht. Da hatte ich sieben Lampen auf dem Gewissen.

Wenn nichts passiert, wird dieser Abend weiterhin wie das Lallen eines Landstreichers durch meinen Geist fließen, und wir drei, ich, Óli und Garđar würden einfach herumhängen wie drei Suffköppe, die so angeödet sind von ihrer Betrunkenheit, daß sie nicht aufhören können... drei Jungs... ein sternklarer Herbstabend... und nur dadurch schön, daß die Erinnerung ihn auslöschen wird.

Dort vorne bewegt sich noch etwas.

Etwas, das den statischen Abend in Bewegung bringt.

Etwas Weißes in der Ferne.

Ja, uns nähert sich ein weißes Nyltesthemd mit Jón an Bord. Hinter ihm kommt Finnur.

Óli reißt sich zusammen, wischt sich über die nassen Augen, und Garđar zieht blitzschnell den Zeigefinger aus dem linken Nasenloch.

Auch ich stecke mir rasch eine Fingernagelfüllung Rotze in den Mund und ein salziges Dreckkorn vom Trauerrand des

Mittelfingers als Beilage. Die zähe Rotze klebt zwischen den Zähnen.

Jón und Finnur sehen immer noch aus wie auf dem Geburtstag. Danach sind sie also nicht nach Hause gegangen. Wahrscheinlich glauben ihre Eltern, daß die beiden immer noch auf dem Geburtstag sind – falls sie sie nicht völlig vergessen haben.

Wo wart ihr denn?, fragt Garđar.

Was, wer, wir?, sagen beide auf einmal, blasen ihre Backen auf und täuschen vor, den ganzen Mund voller Süßigkeiten zu haben.

Wir haben einen Mann getroffen, sagt Jón, der hat uns einen ganzen Kasten Karamellen geschenkt.

Nein, nein, wir waren am Keilir, sagt Finnur.

Keilir ... der Berg aus Glas: Ganz unten im Keilir hängen Taue von den Schiffen, Gespenster geistern in Tarzanhöschen herum. In der Dunkelheit erscheint eine tätowierte Seemannshand, und der Nebel trägt den Abendchoral längst verstorbener Mönche an Land.

Im gelben Irrenhaus blinken Lichter – aber der Glasberg glitzert wie ein ganzes Bergwerk voller Juwelen.

Der Glasberg ist einer der vornehmsten Berge der Welt. Er besteht aus Abfällen der Glasfabrik und wird durch hohe Kräne aufgetürmt, mit einem Mann im Maschinenhaus oben. Der Berg ist eine Halde aus meergrünen Glasscherben, die sich oft bis in den Himmel streckt. Dann verschwindet sie auf Lastwagen, doch bald bildet sich ein neuer Berg mit den gleichen Ausmaßen. Drinnen in der Glasfabrik arbeiten maskierte Männer und tragen vierkantige Gesichter. Wenn der Berg hoch geworden ist und aus kleinen Stücken meergrün glänzt, kommen die Raben und setzen sich obendrauf, um ihre inoffizielle Macht über die Welt zu betonen. Es wird behauptet, daß die Raben, während sie auf dem gläsernen Berg sitzen, Fotos von sich machen lassen, während andere sagen, der Glasberg sei ihr Versammlungsort.

Waren Raben oben auf dem Berg?, frage ich.

Was für Raben? Wir haben Autos auf dem Platz vor der Fabrik gesehen, sagt Jón.

Bist du hochgestiegen?

Ja, willst du sehen?

Niemand kommt dort hinauf außer dem, der sich traut, blutig hinunterzukommen.

Jón hebt sein Nyltesthemd und zeigt seinen zerschrammten Rücken.

Ich bin runtergerutscht... einfach so, schrumm.

Es stimmt; das Hemd ist hinten ganz zerfetzt und Jóns Rücken ist mit blutigen Schrammen überzogen.

Ach, das macht nichts... bloß eine kleine Schramme, sagt Jón fast im gleichen Tonfall wie die Polizisten auf der Geburtstagsfeier.

Du bist nicht etwa auf dem Weg nach unten zum Eunuch geworden?, frage ich behutsam, aber grinsend.

Das hätte ich besser nicht sagen sollen, denn ehe ich mich besinnen kann, hat Jón mich an der Kehle gepackt und in den Schwitzkasten genommen. Die Welt steht Kopf. Ich blicke hoch in den Himmel, in die Gesichter der Jungs ringsum, zum Mond – der Mann im Mond ist wie ein neues Gesicht in unserem Verein.

Au, laß los, au au laß los, schrei ich, weil mein Kopf gleich abreißt.

Sag das bloß noch mal, ... sag das bloß, sagt Jón. Ich spüre, wie ihm vor Zorn der Kamm schwillt und sich sein Kaffeegeruch in meine Nase drückt.

»Noch mal«, ergänze ich seinen Satz, denn wie du weißt, ist der Stolz des Unterlegenen qualvoll, und an einen Griff um die Gurgel gewöhnt man sich wie an jede andere Fessel.

Da klatscht Jón mich auf die Straße, wirft sich auf mich und zischt: Ich meine nicht, daß du nochmal »nochmal« sagst. Du sollst das nochmal sagen, was du gesagt hast, bevor du nochmal gesagt hast.

Erstaunlich, wie klar manche im Kopf werden, wenn sie zischeln, aber wie du vielleicht verstehen wirst, lieber Leser, ist es irgendwie furchtbar albern, daß ein Junge nach Kaffee riecht, der sich noch nicht rasieren muß und auch noch keine Pariser in der Apotheke kauft. Doch kaum hatte Jón die Brüste seiner Mutter zurückgewiesen, war er, damals drei Jahre alt, zum Kaffeetrinken übergegangen.

Jetzt schwebt Kaffeedunst über meinem Gesicht, und die Worte »Sag das nochmal« rinnen eins nach dem anderen in den Halsausschnitt meines Pullovers.

Auu, laß los.

Ich wehre mich.

Ich kann euch sagen, daß Jón keineswegs gewöhnlichen Kaffee trinkt. Du weißt, er befindet sich jetzt in einem ersten Stadium des Kaffeekonsums, in dem er sich bis zum Alter von siebzig Jahren befinden wird; in diesem Stadium wird Kaffee aus dickwandigen Gläsern getrunken, Milch und Kaffee, fifty-fifty, mit so viel Zucker, wie man nur nehmen kann, solange keiner hinguckt.

Sagst du das nochmal?

Pu-putz dir mal die Zähne, sage ich gleich nachdem ich es wiederholt habe.

Jón rastet aus.

Seine Fäuste treffen mit tausend Kilometer Geschwindigkeit auf meinen Brustkorb, und er schlägt mich dazwischen mit der flachen Hand und brüllt.

Hast du nicht gehört, was ich sage? Sagst du das nochmal?

Als ich mühsam stottere: Du-du bist doch nicht etwa zum Eunuchen geworden?, spuckt mir Jón aufs rechte Auge und läßt mich plötzlich los.

Natürlich würde ich ihm am liebsten »Onni Wau-wau« zurufen und dann wegrennen, ins Haus zu Mama und mir im Stillen unter der daunenweichen Bettdecke ins Fäustchen lachen, während die Gebete in Intervallen aus mir heraussprudeln würden. Nein, noch als ich dies denke, spüre ich, wie gut es tut, frei zu sein. Es tut so gut, daß ich möglicherweise einen Vortrag über die Freiheit halten würde, bloß wegen dieser einen Sekunde, seit sich die Hände von meiner Kehle gelöst haben, ja, einen Sekundenbruchteil bevor ich die Spucke mit dem Pulloverärmel abwische.

Die Spucke zieht zwischen meinem Auge und dem Pulloverärmel durchsichtige Fäden. Bis sie – zack – zerreißen. Die eine Hälfte hängt am Pulloverärmel. Die andere Hälfte läuft mir die Backe hinunter. Ich schließe meine Augen und wische noch einmal mit dem Pullover darüber. Obwohl die Spucke jetzt weg ist, ist es, als klebe sie noch immer in den Wimpern.

Ich spüre es, wenn ich blinzle.

IV. TEIL

Die Ritter der runden Treppe

Zigaretten und Zimtschnecken

Jetzt, wo ich die Spucke aus meinem Auge gewischt habe und wieder mit beiden Augen gleichzeitig blinzle, stehen wir hier auf der Straße, unter der Laterne, nicht viel anders als literarische Figuren, mit denen der Autor nichts Rechtes anzufangen weiß. Wir könnten ihn sogar reinlegen und einfach heimgehen und schlafen. Ja, in der Tat stehen wir am gleichen Punkt wie vorhin, als ich mit Jón Streit anfing.

Aber Óli, die Spucke, die Jón mir aufs Auge gespuckt hat und die ich vielleicht hätte aufbewahren sollen, um sie chemisch analysieren zu lassen, ja, diese Spucke stellt deine Netzkugel, die hier in zwei Teilen auf der Straße liegt, in den Schatten. Ja, Óli, mit Spucke auf dem Auge vergißt man das Schicksal seines Nächsten schnell.

Der Mann im Mond erfüllt durch sein Grinsen die herbstliche Abendluft mit einer gewissen Spannung, und der schweigsame Schimmer von den Straßenlaternen hat ein geheimnisvolles Gesicht. Ja es ist, als ob aus der leeren Straße eine neue Welt entstände.

Jón und ich sind nach der Prügelei so atemlos, daß wir keine Lust haben, dein Gejammer anzuhören, Óli.

Halts Maul, sagt Jón, als du anfängst, von deiner Netzkugel zu sprechen, die dein Opa bei Ellingsen gekauft hat.

Die Netzkugel von Ellingsen.

Als ob das ein Grund zum Jammern wäre...

Ellingsen.

Du bist ein totaler Schwächling.

Óli schluchzt.

Finnur und Garđar sind so still, daß man fast glauben könnte, sie seien Schauspieler in einem Stummfilm. Ja, sie erinnern ein wenig an Parlamentarier, die bei der Debatte um den Finanzetat in eine Randposition geraten sind. Finnurs Wasserwelle ist zum Teufel. Mit Hilfe des Windes, erzeugt durch den Atem der Raben auf dem Glasberg, ist sie zum Teufel gegangen. Und Garđar verdaut jetzt den Rotz, den er sich vorhin blitzschnell in den Mund gesteckt hat.

Jón und ich dagegen gleichen am ehesten entlassenen Soldaten. Jetzt, wo der Krieg zu Ende ist, wissen wir nicht, was wir tun sollen. Zwischen uns liegt ein gesichertes Gebiet, mit unsichtbaren Stacheln bedeckt.

Wir haben Skúli nicht geholfen, das Fenster im mittleren Giebel behelfsmäßig zu schließen. Das soll er selber tun. Jetzt müht er sich ab, den Fensterrahmen mit Pappstücken von alten Apfelkartons und Stroh zu füllen. Nein, Skúli würde uns mit der Knarre erledigen.

Genausowenig sind wir Geheimagenten geworden und zum Spionieren auf den Spielplatz gegangen. Dort würde die ganze pockennarbige Halbstarkenbande aus Siggis Kiosk mit dem Krauskopf als Anführer gegen uns zum Angriff blasen.

Aber irgendetwas muß geschehen ... sonst wären wir nicht da. Irgendetwas. Wir haben bloß löchrige Möglichkeiten sie sind löchrig wie die Straße. Und unser Geist ist ebenfalls löchrig.

Mir kommt es vor, als hätten wir alle Löcher im Kopf.

Außer dir natürlich, Óli.

Du hast diese Beule von einem Zimmermannshammer auf dem Kopf.

Der Mann im Mond undsoweiter.

Ein gesichertes Gebiet und die Erde mit unsichtbaren Stacheln übersät.

Ich weiß mit Sicherheit, daß Jón sich gerne prügeln will. Das will er immer. Schlägereien sind für ihn Höhepunkte des Glücks. Wenn das Boxen offiziell zugelassen wäre, wäre er Boxer, und das ist er auch trotz des Verbots.

Doch gerade jetzt, in diesem Augenblick, will sich niemand mit ihm prügeln. Und er schlägt sich ja nicht selber. Jedenfalls nicht in der Öffentlichkeit.

Ebenso ist es mit Finnur im Pullover mit V-Ausschnitt. Obwohl er der Älteste ist, ja und wahrscheinlich auch der Stärkste, bleibt er viel eher auf dem Hintern sitzen als Jón. Das hat vielleicht wenig zu sagen, denn in Jóns Arsch sind ständig irgendwelche Protestaktionen im Gange. Ich bin absolut sicher, daß bei ihm zu Hause jede Menge Wurmmittel im Küchenschrank stehen. Doch Finnur spuckt keinem aufs Auge.

In Wirklichkeit ist es egal, wie Finnur wirklich ist: Mächtig wie ein Gorilla in seinen Phantasien, oder mit Wasserwelle und V-Ausschnitt, ähnlich einem fünfzigjährigen Beamten, mit Jón über die Wertigkeit von Geburtstagsgeschenken feilschend, wie vorhin auf deinem Geburtstag, Óli. Es spielt keine Rolle: in der Welt der Straße steckt Jón ihn in die Tasche. Ja, unter uns gesagt, Finnur ist im Geist so klein. Jón sagt: Faß!, und Finnur schnappt in die Luft Jón sagt: Sitz!, und Finnur rührt sich tagelang nicht mehr.

Selbstverständlich hat das seine Gründe. Niemand läßt sich grundlos von Jón in die Tasche stecken.

Jetzt paßt auf.

Es ist nämlich Jón, der die Zimtschnecken besorgt, die tagsüber am Fuß von Keilir verzehrt werden. Ja, wie ich euch bereits mitgeteilt habe, ist der pockennarbige Bäcker in der Bäckerei Jóns Bruder. Jedesmal, wenn Jón für ihn zum Kiosk Cola kaufen geht, gibt sein Bruder ihm eine Papiertüte voller Schnecken mit. Dieser Handel macht ihre Bruderschaft aus.

Und was noch dazukommt:

Jón besorgt immer die Zigaretten, die sie manchmal unten im Park qualmen. Deswegen paßt Finnurs Geist so gut in Jóns Hosentasche. Denn für ihn zählt kaum etwas anderes als Zimtschnecken und Zigaretten. Für ihn gründet Freundschaft auf Zigaretten und Schnecken, stabiler sogar als eine Ehe in der Stunde der öffentlichen Bekanntmachung. So daß Finnur stets wie ein kleines Kofferradio verstummt, wenn Jón nicht angeschlossen ist. Und deswegen wirkt er jetzt ein wenig wie ein Schauspieler im Stummfilm oder ein Parlamentarier im Abseits der Haushaltsdebatte, denn Jón ist nach der Aufregung über mich so atemlos und keuchend wie ein in seiner eigenen Welt eingeschlossener Mönch.

Und ich?

Was wird mit mir?

Zum rhythmischen Schluchzen von Óli, dem Keuchen von Jón, ja, während die Leere zwischen uns schwingt und an den Lampenpfosten baumelt, hocke ich hier im grünblauen Licht und denke über all das nach, denn vielleicht wünsche ich mir im Stillen, daß Jón auch über mich bestimmt... Auch ich will Zigaretten und Zimtschnecken. Ja, ich fühle mich fast wie ein Schauspieler ohne Engagement. Ich bin ein ausgemusterter Soldat. Ich erinnere mich, daß ich Jón einmal restlos becircen wollte. Ich bin zu Hause in die Küche geschlichen und habe eine Flasche Ketchup gestohlen. Eine der ersten, die wir kauften, glaube ich. Ja, es war kurz nachdem Tomatenketchup aufkam. Ich wußte, daß Jón Ketchup mochte – hmm, lecker Ketchup, sagte er. Ja, normalerweise beschmierte er sich völlig mit Ketchup, wenn es bei ihm zu Hause Würstchen gab. Hmm, lecker Ketchup, und wir gingen in den Park hinunter und tranken abwechselnd aus der Libby's Ketchupflasche, während wir auf einer der hellgrauen Bänke im Park saßen. Diese hellgrauen Bänke in den städtischen Anlagen stellten anfangs die einzige öffentliche Ehevermittlung des isländischen Staates dar. Darüberhinaus spielten sie eine bedeutende Rolle für die Dichtkunst im Lande. Doch, wie gesagt, auf einer jener hellgrauen Bänke im Park saßen wir und soffen abwechselnd Libby's Ketchup aus der Flasche. Und als die Flasche halb leer war und Jón mir erzählte, wie man sich am besten Senf aus einer Plastikflasche in den Mund spritzt, kam ihm plötzlich dieser laufende, spritzende Dünnschiß, den er nicht kontrollieren konnte. Überall auf der hellgrauen Bank klebten rotbraune Spritzer. Ja, falls jemand an diesem Tag versucht hätte, Jón nach Hause zu folgen, hätte er nur der rotbraunen Spur folgen brauchen, einer roten Ketchupdurchfallspur, die die ganze Strecke zwischen Park und Wohnungstür bis in sein Haus markierte.

Jetzt ist Abend.

Mit dem Zeigefinger ziehe ich Kreise in den Sand und beobachte die Sterne beim Fußballspiel im All. Manchmal, aber nicht heute Abend, wenn am Himmel sehr harter Fußball gespielt wird, entsteht Donner, während die Blitze daher rühren, daß Gott Fotos von den Fußballern macht. Ich ziehe Kreise, die Welt geht in Wellen, und mein Geist pendelt wie ein Opportunist auf Jóns Seele zu und wieder zurück. In Anbetracht bestimmter juristischer Überlegungen ist es ganz sicher vorteilhafter, sich nicht in Jóns Tasche zu befinden. Andererseits habe ich die Befürchtung, daß Jón von seinem pockennarbigen Bruder, dem Bäcker in der Bäckerei, berichten könnte, der, wie Jón am Geburtstagstisch bei deiner Geburtstagsfeier, Óli, sagte, den Spielzeugdieb beim Verlassen des Spielzeugladens beobachtet hat. Wenn Jón mich noch einmal so ansieht wie da am Geburtstagstisch, mache ich mir bestimmt in die Hose. Aber ich fürchte mich auch, wenn er es unterläßt, wenn er den Diebstahl nicht mehr zur Sprache bringt, denn dann ist er entweder so doof, daß er absolut nichts begriffen hat, oder er will den Diebstahl als sein Geheimnis bewahren, um mich leichter in die Tasche stecken zu können, ohne daß ich etwas abkriege, weder Zigaretten noch Zimtschnecken. Einmal, nachdem ich im Drei-Uhr-Kino war, habe ich geträumt, daß Jón so ein big bandit wäre, der sich wie eine Zeichentrickfigur bewegt. Im Traum hatte er gerade Dynamitstangen in jeden Briefkasten geschoben, und ich erwachte von der Explosion...

Ich zeichne mit dem Zeigefinger.

Als Autoscheinwerfer die Straße erleuchten, glaube ich, daß der Sommer gekommen ist. Wir springen gemeinsam auf die Füße. Zwei Sonnen spielen um unsere Augen.

Das ist ein Packard, sagt Jón.

Die Scheinwerfer, die in unseren Augen flackern, gemahnen mich an den bevorstehenden Monatswechsel; ab dann wird der Aufenhalt von Kindern und Jugendlichen im Freien in Übereinstimmung mit der Verordnung des Kinderschutzbundes wieder an die Zeiten der Autoscheinwerfer gebunden.

Es ist Abend.

Garđar steht da mit den Händen in den Taschen. Er steht stocksteif da und kehrt uns den Rücken zu, ganz als ob er kleine Scheißklümpchen aus den Hosenbeinen schütteln würde, was aber niemand sehen soll.

Óli hebt die beiden Teile der Netzkugel auf und klatscht sie gegeneinander. Ein kurzes Gummiplupp ist zu hören, und Óli läßt die Kugel wieder in zwei Teilen zur Erde fallen.

Jón glotzt hinter dem Packard her, von dem ich eher glaube, daß es ein Opel war. Er zieht sich sein zerrissenes, weißes Nyltesthemd, über und über mit kleinen Blutflecken besät, zurecht und stopft es in den Hosenbund. Er zieht den Gürtel stramm und rülpst.

Finnur kaut an seinen Fingernägeln.

Ich denke über das nach, was ich denke.

Es ist Abend.

Die Straße ist ein löchriger Gedanke, den niemand bis zum Ende fährt, und die Sterne blicken wie Kinderaugen auf die Erde.

Jóhann, Jóhann.

Jetzt ist Mama auf die Treppe hinausgetreten. Sie ruft mich. Ich soll jetzt reinkommen.

Jóhann, Jóhann, wo steckst du?

Ich schaue die Jungs an.

Sie kommen zu sich. Als ob sie die Stille abschüttelten. Als ob die Leere sich in Luft auflöst. Vier beschwichtigende Finger legen sich an Lippen.

Pst, pst, duckt euch, duckt euch – und pst, pst wir ducken uns.

Das ist die Regel:

Abend für Abend verabschiedet sich die Stille mit dem Echo der Mütter, die dort auf dem Treppenabsatz stehen und an die Welt appellieren. Selbst wenn du gerne reingehen willst, mußt du dich der demokratischen, beschwichtigenden Mehrheit beugen, denn Freiheit besteht vor allem darin, der Mutter gegenüber NEIN zu sagen. Ja, ganz plötzlich bist du wichtig, du hältst dich für interessant …

Jóhann, Jóhann, ich weiß ganz genau, daß du mich hörst. Willst du, daß ich deinen Vater …

Pst, pst.

Mamas Worte fliegen wie ein Gedicht in die Luft. Dann hört sie zu rufen auf.

Ich kann fühlen, wie ihr die Dunkelheit die Treppe hinauf folgt und hinter ihr die Tür schließt. In der Diele begegnet sie ihrer Angst im Spiegel. Wo ist nur das Kind geblieben, fragt die Kaffeetasse auf dem Küchentisch.

Ach was, du sagst einfach, die Jungs in der nächsten Straße hätten dich an einen Laternenpfahl gebunden, als sie Indianer spielten, sagt Jón.

Ja, das könntest du sagen, hört man Finnur aus Jóns Hosentasche sagen.

Latten mit Nägeln in reicher Auswahl

Als wir aufbrechen kann ich nicht sagen, ob wir eher einem Demonstrationszug gleichen, der sich im Takt eines Metronoms fortbewegt, oder der Schlange zu einem Kinofilm, auf den niemand Lust hat. Ich kann es nicht sagen. Garđar geht als letzter hinter allen anderen her. Immer ist er der letzte, die Hände in den Taschen und die Füße in Stiefeln. Es ist ganz so, als wolle er zum Motiv einer dümmlichen Redensart werden. Deshalb ist es oft besser, für ihn zu antworten, anstatt ihn vorher um seine Meinung zu fragen, denn Garđar guckt einfach mit seinen braunen, funkelnden Augen in die Luft und sagt ja, als sei er zum Gehorchen geboren. Er steht so oft im Schatten, daß mir manchmal der Gedanke kommt, er sei in einer Höhle auf die Welt gekommen. Doch der Schatten hat durchaus seine hellen Seiten, denn mit Garđar fängt keiner Streit an. Nicht einmal Jón, und auch ich, Jóhann Pétursson, habe nur ein einziges Mal seine Stiefel versteckt.

Wir gehen los in die Finsternis.

Wir müssen uns beeilen, ehe sich die mütterlichen Stimmen auf den Treppenabsätzen zum Chor vereinigen. Im Dunkeln kennen wir alle Schlupfwinkel so gut, daß uns weder eine Rettungsmannschaft der Pfadfinder noch ein Spürhund im Staatsdienst finden könnte.

Wie ein mächtiger Strom drängen unsere Gedanken hinter die Häuser, denn wenn uns die Finsternis hinter den Häusern lockt, haben wir nur einen einzigen Kopf. Unbeleuchtete Kellerfenster erinnern an Schützengräben, und all das Bauholz rundum könnte von einer Explosion übriggeblieben sein.

Ja, in der Finsternis hinter den Häusern sind die Grundstücke mit Bauholz übersät, denn viele Häuser befinden sich noch auf ihrem Weg nach oben. Sie wachsen und wachsen. Genau wie wir Jungs: Wir wachsen und wachsen.

Die Häuser bekommen Beton in die Verschalungen, damit sie wachsen und wachsen, wir aber bekommen Lebertran, um zu wachsen und zu wachsen.

Der hellgraue Beton wird hart und stark, damit die Häuser nicht mit dem Wind in alle Welt hinausgeweht werden. Wir aber spannen unsere Muskeln an in der Hoffnung, hart und stark zu werden wie die Häuser.

Am liebsten wären wir aus Beton, aus hellgrauem Beton, mit Brecheisen an jedem Finger. Dann könnten die Erwachsenen mit ihren großen Pranken uns nicht so leicht mit den zwei üblichsten Brotsorten vergleichen, nämlich Weißbrot oder Schwarzbrot, sondern würden sich die Hände aufreißen, wenn sie in unsere Nähe kämen.

Im Dunkel hinter den Häusern ist die Welt liegengeblieben, wie der Tag sie verlassen hat. Sie ist voller Bretter und Eisenkram, und die feuchte Pappe der Nagelkartons klebt unter den Gummisohlen.

Tagsüber, wenn die Holzverschalungen von den Häusern gleiten, wächst der Nationalstolz mit jedem Brett, das fällt. Er wächst in den Wirtschaftsberichten der Zeitungen, er wächst, und die Häuser in der Stadt gedeihen; überall zieht jemand ein.

Brecheisen wirbeln durch die Luft.

Und die Plastikfolie in den Fensteröffnungen flattert hin und her wie das Pedal einer Baßtrommel.

Nicht zu vergessen der Lärm der Preßlufthämmer, die wie ein komplettes Blasorchester in der ganzen Straße zu hören sind.

Aber jetzt ist es dunkel. Alles ist still. Alles ist still: das Verschalungsholz, die Brecheisen, alles ist still, und die Preßlufthämmer sind nur ein entferntes Summen in unseren Ohren. Ja, alles ist still, weil die Arbeiter, die tagsüber mit ihren Zimmermannshämmern raus und rein rennen, sich abends nicht in Gespenster verwandeln und rund um die Uhr arbeiten können. Alles ist still, und die Nacht ist voll von Latten mit Nägeln.

Wir gehen hinter die Häuser und nehmen uns Latten. Jón hebt eine Latte auf. Ich hebe eine Latte auf. Finnur, Óli und Garđar; alle heben sie eine Latte auf.

Das ganze Viertel ist voller Latten, die nach Einbruch der Dunkelheit niemand gehören, niemand außer dem Mann im Mond, der uns durch sein bläuliches Grinsen zusammenhält. In gewisser Weise kann man nämlich sagen, daß die Dunkelheit Privatbesitz aufhebt. Bei Tageslicht dagegen bewahrt irgendein alter Kerl eine vergilbte Rechnung für die Latten auf und nennt sie Bauholz. Laßt mein Bauholz in Ruhe, Jungs, ich ziehe die Nägel raus und will es noch verkaufen, sagt er, wenn du dich dort in der Nähe herumgetrieben hast.

Während wir die Latten aufheben, sprechen wir nicht viel. Wenigstens sprechen wir nicht von Latten, denn Latten, die tagsüber Bauholz heißen, werden in unseren Händen zu etwas anderem.

Ja, genau: In unserem Geist mutieren die Latten. Wir verwandeln sie in Schwerter und fechten bis in alle Ewigkeit.

Gleichzeitig verwandeln sich unsere weißbesohlten Gummischuhe in Nullkommanichts zu Pferden. Die Pullover werden zu hellgrauen Rüstungen, obwohl sie in Wirklichkeit aus gewöhnlicher Kunstfaser bestehen.

Und deswegen sind wir im Rohbau die Ritter der runden Treppe. Ja, wir sind Wanderer zwischen den Zeiten. Glitzernd ragen als Schwertspitzen rostige Nägel aus den Latten.

Ja, so stehen wir wie Ritter in der Finsternis, bewaffnet mit Nagellatten. Ich, Jóhann Pétursson, bin mir vollkommen darüber im Klaren, daß es mit dem Rittertum seit den Zeiten

Ivanhoes im Mittelalter sehr bergab gegangen ist. Heute muß man sich seine Waffen im Geist schmieden. Gummischuhe muß man in Pferde verwandeln. In den Spielzeuggeschäften gibt es nicht einmal Plastikkopien ritterlicher Waffen. Ganz zu schweigen von Rüstungen.

Wenn die Latten aufeinanderknallen, hallt es im ganzen Viertel nach, und Holzsplitter fliegen durch die Luft.

Ich fechte mit Óli.

Meine Hände greifen zum Bauch. Ich halte meine blutige Leber fest und gebe ein Stöhnen von mir. Im Spiel bin ich tot.

Óli steckt das blutige Schwert in die Scheide und lacht in den Himmel.

Und so führen wir unser Schattentheater fort, bis die Schwerter zersplittert sind.

On we go, wir reiten heim, brüllt Jón.

Und trabtrabtrab reiten wir hinter ihm her und stellen uns eine Festtafel vor. Ich trinke Wein aus einem goldenen Kelch. Aus meinem Kopf ragen zwei Rinderhörner.

On we go, trabtrabtrab.

An unserem Weg liegt ein Rastplatz. Jón rollt einen Stein zur Seite. Darunter liegt eine rote Zigarettenpackung.

Vor unseren Augen steigt eine Burg auf.

Der winddichte Rohbau

Wenn du es unbedingt wissen willst, dann ist die im Geist von Rittern umstellte Burg ein winddichter Rohbau, mit vor die Fenster gespannten Plastikplanen. Ein winddichtes Haus im Dunkeln, mit Plastik, das im Wind hin und her flattert wie das Pedal einer Baßtrommel. Ja, wenigstens diesmal ist es der Burg gelungen, in der Entwicklung so weit zu gelangen, daß sie als winddichtes Haus bezeichnet werden kann.

Ja, ein winddichtes Haus.

Das kann mit gutem Grund betont werden, denn gelegentlich bestehen Burgen nur aus Verschalungen. Oder sind reine Fiktionen. So wie abends, wenn ich in meinem gestreiften Schlafanzug auf dem Bett sitze und Brücken in Gräben stürzen lasse. Natürlich gibt es Plastikmodelle von Burgen. Doch sie gleichen häufig eher der Grundschule in der Innenstadt als wirklichen Burgen.

In der Baukunst scheint mir insbesondere auf dem Gebiet des Fensterschmucks seit den Tagen Ivanhoes im Mittelalter ein Abstieg zu verzeichnen zu sein: denn hier im winddichten Rohbau treffen wir auf viereckige Fenster. Keine geschnitzten Geier oder schwebenden Engel mit Kinderpimmeln und Goldfanfaren.

Doch wie du dir vorstellen kannst, lieber Leser, lassen Jungs, die Gummischuhe in Pferde verwandeln können und eine Rüstung aus Kunstfasern tragen, sich nicht nennenswert durch den Niedergang des Fensterschmucks beirren.

Weil weder ein Geisterhund um das Haus herumstreicht, noch Geister am Arbeiten sind, nur Betonspritzer auf dem Plastik kleben, folgen wir der Verlockung der Dunkelheit und ziehen unsere Schwerter aus ihren unsichtbaren Scheiden.

Der rostbraune Nagel an Garđars Latte ritzt das Plastik eines Fensters ein. Zufrieden springt Garđar zurück, die Latte in seiner Hand.

Ich bin so klein und leicht, daß ich durch's Fenster kriechen muß. Im winddichten Haus ist es so finster, daß die Dunkelheit in meinen Augen die verschiedensten Färbungen annimmt. Fast so, als hätte ich LSD genommen. Doch das habe ich ganz bestimmt nicht, denn ich bin bloß ein kleiner Junge, und das Rauschgiftdezernat ist noch nicht erfunden worden. Ich habe noch nicht einmal eine Personenkennziffer, und meine Geschlechtsorgane sind neutraler als die Schweiz in Weltkonflikten.

Ja, jetzt weiß ich es:

Ich habe kein LSD genommen. Ich stehe nur unter dem Einfluß der Dunkelheit, die das winddichte Haus erfüllt. Es ist die Dunkelheit selbst, die stoned ist.

Jói, beeil dich, es ist so kalt hier draußen, höre ich die Jungs sagen.

Die Scharniere der Brettertür quietschen wie der mittlere Satz einer langgezogenen Symphonie, als ich den Jungs von innen die Tür öffne. Mir kommt in den Sinn, daß wir in einem Donnerstagshörspiel mitspielen; dort gibt es immer solches Türenknallen und Türangelgequietsche, du weißt schon.

Als die Jungs hereinkommen, stoßen sie solche Mengen Dampf aus, daß ich fürchte, eine Zigarettenrunde verpaßt zu haben, während ich mich an der Dunkelheit berauschte. Gerade will ich mich aufregen, als ich begreife, daß der Nachtfrost ihnen diese Dampfsäulen entlockt.

Pst...

Jón reißt ein Streichholz an.

Etwas Geheimnisvolles passiert.

Hier sind alle.

Im feuergelben Licht nehmen unsere Gesichter etwas Geheimnisvolles an.

Und leises Rascheln.

Paßt auf, da kommt jemand.

Nein, die Schritte, die wir hören, laufen am winddichten Haus vorbei und direkt aus der Geschichte.

Erleichterung. Niemand kommt.

Jón reißt ein weiteres Schwefelholz zur Unterstützung der Lahmen und Behinderten und der versammelten Gesichter an...

Es ist nämlich gar nicht so ohne; wenn nämlich jetzt jemand kommt, dann haben sie uns bei den Hammelbeinen. Dann sind wir dran. Man hört zum Beispiel Geschichten von Jungs, die an den Füßen aufgehängt worden sind. Und das ist keine Lüge. Das kann ich euch sagen: keine Lüge. Nein. Einmal wolltest du, Óli, damals ohne Beule, aus alten Zeitungen im Rohbau ein Feuer entzünden, um dir die Hände zu wärmen. Du hast auf dem Heimweg vom Vorschulunterricht so gefroren, daß die frommen Worte von Pfarrer Daniel wie ein Miauen im Wind verklangen. Gleich als du deine blaukalten Hände über die roten Zeitungsflammen gehalten hast, wurde dir warm. Doch da kam der Bauherr, ein fetter Kerl im Overall, und hängte dich an einem Draht auf. Zwar nicht an den Füßen. Hängte dich aber trotzdem auf. Du sagtest, daß du überall rot angelaufen bist und geglaubt hast, daß eine kleine Pfütze am Boden sich in einen Brunnen verwandelte... Ja, ich kann euch noch mehr in dieser Art berichten. Etwa wie mich ein Bauherr erwischte, als ich in eine Rohbauecke schiß. Meine Beine zitterten so sehr, daß ich glaubte, meine Kniescheiben würden zerspringen. Meine Zähne klapperten und ich fiel fast in Ohnmacht, als der Bauherr mich hochriß und sagte, er würde mit mir ganz nach oben steigen und mich dort aus dem Fenster werfen. Ich, ich hatte solche Angst, daß ich ihn bepißte, direkt auf seinen roten Glatzenfleck... daran seht ihr, daß man nichts zu lachen hat, wenn jemand hereinkommt.

Jetzt zieht Jón die Zigarettenschachtel hervor, die er zuvor unter dem Stein herausgeholt hat; in der ganzen Gegend hat Jón Verstecke, und sein Zimmer ist voller Geheimfächer. In einer Ecke bewahrt er beispielsweise einen Schuhkarton voller Kinokarten auf, die sein Bruder, der pockennarbige Bäcker, auf der Rückseite mit verschiedenen Notizen in einer Geheimschrift versehen hat, die er Jón später beibringen will. Der Schuhkarton wird von einer Tarzanbadehose zusammengehalten und ist außerdem mit Klebestreifen verklebt. Doch genug davon. Jón zieht eine volle Schachtel Lark hervor. Lark-Zigaretten sind insofern eine Besonderheit, als zwischen Filter und Tabak eine Schicht feingemahlener Kohle sitzt, die unter anderem bewirkt, daß Lark-Zigaretten die längsten im Hauptstadtgebiet erhältlichen Zigaretten sind.

Woher hast du das Päckchen?, fragst du, Óli, und deine Beule blickt forschend in die Welt.

Du könntest dir diese Frage ebensogut sparen, Óli, denn Jón hat sie nicht bei dir zu Hause auf dem Geburtstag geklaut. Deine Mutter raucht nämlich Chesterfield und nicht Lark.

Hahaha, woher ich sie hab, lacht Jón. Bin einfach an die Luke von Jón gegangen, die Jónsluke unten am Schwimmbad, und hab zu der Frau dort eine Lark gesagt, und die Frau hat die Lark auf den Tresen gelegt, und dann sagte ich noch, hahaha, eine Dose Ananas. Und während die Frau eine Dose Ananas holte, bin ich mit dem Päckchen davongerannt...

Hahaha, wir kugeln uns vor Lachen.

Wollt ihr eine Zigarette.

Nach einigem Vor- und Nachdenken im Geiste der Kinderloge »Silber des Weltalls« wollen alle eine Lark.

Jón zerbricht eine Zigarette und zeigt uns die Kohle, die die Zigarettenfabriken auf Veranlassung des britischen Gesundheitsministers in die Zigaretten stopfen, um sie gesünder zu machen. Es ist in Ordung, Lark zu rauchen, denke ich; die

Kohle verringert die Gefahr eines Lungenschadens und alles andere, von dem Mama sagt, daß es eine Folge des Tabakrauchens ist... und so kleine Jungs dürfen sich am allerwenigsten mit dem Gedanken an Krebs aufhalten. Das brauchen nur die Reporter mittleren Alters in den Aufklärungsfilmen des CVJM.

Also nehmen sich alle eine Lark.

Ja, alle außer Garđar. Er will nur rauchen, wenn es auch Mentholpastillen gibt. Starkes Menthol aus der Apotheke ist eine absolute Grundbedingung für Tabakrauchen, denn Garđar hat Angst, daß seine Mutter den Geruch spürt, wenn er nach Hause kommt. Sie selbst hat ihren Zigarettenkonsum auf eine Zigarette nach dem Abwasch gedrückt. Als Ausgleich ist sie dauernd am Spülen und riecht überall Zigaretten.

Natürlich haben wir anderen auch Angst vor dem Geruch, aber... Lark, was ist eine Lark aus dem Päckchen, das sich wie eine geheimnisvolle Schachtel öffnet... Lark... Um nicht wie eine Zigarettenreklame zu klingen, sage ich jetzt nichts gesetzlich Verbotenes mehr.

Aber wie dem auch sei: In der Finsternis des winddichten Rohbaus, der in meinem Kopf eine Burg ist, glimmt es vierfach, und wir Ritter sitzen im hellgrauen Qualm, Helden, die sich von den Pflichten des vergangenen Tags erholen. Wir berichten Jón und Finnur von der apfelsinenfarbenen Netzkugel und wie du, Óli, dem Krauskopf deine Beule in den Sack gerammt hast. Uns allen ist so, als hätte er Sigurgeir geheißen. Die Finger spielen mit den Schwertspitzen der Latten, und irgendwo in der Ferne rufen unsere Mütter hinaus in den Abend.

Vorhin habe ich euch gesagt, daß es nicht zum Lachen wäre, wenn jemand käme. Und das stimmt auch: es wäre nicht zum Lachen. Wenn zum Beispiel jetzt jemand hereinkäme, würden alle Lark-Zigaretten beschlagnahmt, und vielleicht würde man ihre Spur bis zur Jónsluke verfolgen. Doch es könnte auch sehr lustig sein, falls es einem gelänge, sich in irgendeinen Schlupfwinkel zu verdrücken und ungesehen die Luft anzuhalten. Ja, so könnte einem das Leben sogar noch etwas bieten.

Besonders aufregend finde ich es, wenn ein Ehepaar zur Besichtigung kommt, das später in irgendeiner der Etagen wohnen will. Man kann sie in ihren Sonntagskleidern hereinkommen sehen, die Frau meistens schwanger, mit Nylonstrümpfen und hochhackigen Schuhen, in ihrem Bauch ein zukünftiger Freak des Viertels, der Mann im frisch gebügelten Anzug mit Zigarre, vielleicht ragt das Kinoprogramm aus einer der Taschen. Ja, mit dieser aufrechten Miene, die zum Klima paßt, du weißt, als ob er die ganze Welt im Brutkasten trüge. Er leitet seine Frau die Treppe hinauf, daß sie mit ihren hochhackigen Schuhen nicht stürzt, denn die Treppen sind noch unverputzt, und allerlei Dreckpfützen und Drähte liegen auf dem Boden. Ja, genau wie jetzt hier vor uns im Tabaksqualm der Larkzigaretten, Draht und Dreckpfützen. Ist der Mann besoffen, steckt er sich die Zigarre zwischen die Zähne, läßt vielleicht sogar das Kinoprogramm mit Bogart oder einem anderen Typ mit Hut auf den Boden fallen, während er, einer plötzlichen Eingebung folgend, seine Frau in den Notlift entführt. Natürlich beginnt die Frau zu kreischen, und die hochhackigen Schuhe verlieren den Halt. Paß auf, paß auf, der Mantel hängt gleich in der Pfütze, sagt sie mit verzweifeltem Blick, ganz genau wie auf dem Kinoprogramm. Und der Mann paßt auf. Er paßt so gut auf, daß sich die Zigarre in seinem Mundwinkel kein bißchen bewegt und der Mantel die Pfütze nicht streift. Da wird der Schrei der Frau zum perlenden Lachen. Laß das, Lási, sagt sie, wenn ihr Mann Lárus heißt. Er läßt seine Hände wandern. In meinem Schlupfwinkel kommt es mir vor, als ob der Mann mit dem Rücken lacht, denn vornherum kann er ja nicht lachen, mit der Zigarre im Mund und der schwangeren Frau in seinem Arm.

Du kannst dir das sicher vorstellen.

Es macht Spaß, das zu beobachten.

Schon dreimal wurde ich, Jóhann Pétursson, Augenzeuge von sowas. Einmal hörte ich oben unter dem Dach das Schnappen einer Gürtelschnalle, das Geräusch habe ich genau erkannt, und ein weißer Büstenhalter flog wie eine Möwe durch das Fenster. Die Frau und der Mann hatten sich ausgemalt, ihr Schlafzimmer würde eingerichtet, ja, und so spannen sie weiter, bis in ihren Vorstellungen das Ehebett in einer Ecke des Zimmers stand. Ich versuchte natürlich, den Atem völlig zu unterdrücken. Eigentlich war es nicht nötig, denn die Frau und der Mann atmeten so laut. Mir kam es vor, als sei die Welt ein Kino, für Minderjährige verboten...

Die beiden anderen Male, als ich mich in einem winddichten Rohbau verstecken konnte, ging es eher um eine Philosophie der fehlende Fußleisten und Spekulationen über die Aussicht vom oberen Stockwerk. Es war August, die Sonne war untergegangen, und die Wände klangen von süßen Melodien. Ihr seht also, daß es auch Spaß machen kann, in so einem Rohbau eingesperrt zu sein. Ja, und nicht zuletzt lehrreich.

Außerdem ist es merkwürdig, daß wir Jungs die Häuser im Viertel, die sich eins nach dem anderen erheben, viel besser kennen als die Menschen, die nachher in ihnen wohnen. Und das ist traurig, denn in all den geheimnisvollen Winkeln, in denen die Einsamkeit grübelt, wird später, nachdem sie gekachelt worden sind, vielleicht nichts als Klosettpapier aufbewahrt. Ja, was kann man zum Beispiel noch von diesem engen Eckchen hier erwarten, in dem wir jetzt mit unseren Larkzigaretten hocken, wenn man über zehn Jahre hinweg dreckige Socken darin aufbewahrt hat, kannst du mir das vielleicht verraten?

Ich habe die Larkzigarette bis auf den Kohlefilter hinuntergeraucht. Mir ist schwindelig, und die gefleckte Dunkelheit wechselt vor meinen Augen ihre Farben.

Wollt ihr noch eine?, fragt Jón.

Nein. Von unseren Ritterlippen kommt Protest.

Ja, doch, es macht so viel Spaß, eine am altem Stummel

anzuzünden. Die Genußsucht packt den Ritter im zerfetzten Nyltesthemd.

Rauch sie selbst, sage ich.

Mensch, seid ihr blöd.

Und immer liegt in der Luft: wenn ... wenn jemand kommt. Wir lassen im winddichten Haus unsere Stimmen schallen. Falls jemand auftaucht, spielen wir mit den erhobenen Nagellatten Gespenster. Wir werden fechten. Wir werden kämpfen. Rücken an Rücken bis zum letzten Mann. Das winddichte Haus ist eine Art Vorposten im Meer – wir haben ihn eingenommen. Wenn jemand kommt, werden wir zu Gespenstern. Ich rufe: ich bin die Stimme vom Meeresboden. Jón, du springst in Gestalt eines Wolfes hervor und beißt ihnen die Daumen ab. Hahaha.

Bumm bumm bumm. Wenn jemand kommt, springst du, Óli, ihm von hinten an den Hals, während Garđar ihm mit seinen schwarzen Hornfingern die Nase abknipst und die finstere Stimme aus Finnurs Schlund spricht:

Wot ar juh duing hier?

Was glaubt ihr: die kriegen einen Nervenzusammenbruch. Denn wie du weißt, lieber Leser, haben nicht nur Fensterschmuck und Waffenarsenale seit den Tagen Ivanhoes im Mittelalter einen Niedergang zu verzeichnen. Auch Heldentaten erscheinen in neuem Licht.

Doch wir sind hier sicher. Niemand kommt. Die ganze Stadt legt sich schlafen, und wir herrschen unangefochten in diesem Schloß.

Jón ist ganz schön sauer, allein rauchen zu müssen. In seinen Augen ist Rauchen ein sozialer Akt, fast feierlich mit Ritualen und so. Er kehrt uns den Rücken zu und steigt die Treppe hinauf. Ja, Jón geht als erster die runde Treppe hoch.

Ich spiegele mich in der Pfütze auf dem Boden. Die Augen sind langgezogen, und die Stirn ist höher als die des Originals.

Die Gedanken steigen nach oben.

Nach oben in den Turm, wo die Geheimnisse warten.

Zicke-zacke, Hühnerkacke

Nach oben.

Ja, nach oben in den Turm, denn die Treppe windet sich nach oben, und wir dürfen nicht vergessen, daß wir uns in einer Burg befinden. So gesehen könnte sogar Dornröschen dort auf dem Speicher ruhen, viele hundert Jahre alt. Und weiter hinauf in den Turm, den verborgenen Wahrheiten entgegen.

Wir Ritter mit den Nagellatten haben gerade unsere Zigaretten ausgedrückt, außer Jón, der sich eine neue angezündet hat, tragen glänzende Schwertspitzen und hellgraue Rüstungen, und unsere Füße bewegen sich Stufe für Stufe vorwärts.

Natürlich weiß ich nur zu gut, daß unser Turm nichts anderes ist als das zukünftige Wohnzimmer in der obersten Etage, und ebensogut kann ich mir eingestehen, daß Ritter niemals ans Ziel ihrer Suche gelangen.

Aber wie du ja weißt: Es ist leicht, einen Rohbau in Gedanken zu vollenden. Sogar in eine Burg zu verwandeln. Ja, insbesondere dann, wenn man nicht selber Bauherr ist. Ich persönlich bin gerade soweit, daß ich im Kopf einen Taubenschlag entworfen habe. Andererseits verlangt es mich sehr, eine Baugenehmigung für all die Reihenhäuser zu beantragen, die ich schon aus Spielkarten konstruiert habe, und außerdem, meinen Sandkasten in die Stadtplanung integriert zu sehen.

Doch hier, wie wir die winddichten Treppen hintereinander hinaufsteigen, in der schweigenden Stille der Ritter – eins, zwei, drei, vier, fünf –, einer hinter dem anderen mit den fünf Latten, ja, wie wir die Treppe hinaufsteigen, scheint mir, daß bestimmt irgendwer dort oben Seidenbetten hergerichtet hat, wir werden mit Melonen gefüttert... und schöne Feen, die nur lächeln können, entsteigen meinem Kopf.

Wie, was sagst du?

Ich höre nämlich nicht, was du sagst, Óli. Ich sehe dich nur sprechen. Deine Lippen bewegen sich entsprechend. Und die Beule.

Sie tanzt auf deinem Kopf herum.

Ich habe bloß gesagt, daß du scheinbar schlecht hörst, schreist du mir ins Ohr.

Ich... und schlecht hören.

Mein Kopf explodiert. Ich, Jóhann Pétursson, habe mich nur, berauscht vom Schwindel der Larkzigaretten, auf der Treppe nach oben bewegt. Ich ging wie im Traum und habe mich selbst zum Spezialist in Waffenfragen für kleine Kinder erklärt, ein Kreuzritter mit einer Nagellatte in der Hand. Jetzt erkenne ich die Welt, die frisch betonierten Wände und die Jungs so wie sie sind.

Ja, sag deiner Mutter nächstes Mal,wenn sie dich badet, daß sie dir den Dreck aus den Ohren spült, sagt Jón.

Wir haben dich nämlich gerufen, sagst du, Óli, wir überlegen, was besser ist, rote oder grüne Pullmoll-Bonbons. Was meinst du?

Rote, sage ich.

Habe ich's nicht gesagt, sagst du zu Jón, rote sind tausendmal besser als blaue, drei gegen zwei, denn selbstverständlich hat Finnur diese Frage aus Jóns Tasche heraus beantwortet.

Wenn sie sich die ganze Zeit auf dem Weg nach oben über Pullmoll-Bonbons gezankt haben, war es ganz gut, daß ich auf der runden Treppe vom Nebel träumte, denn genaugenommen habe ich keine Ahnung von Pullmoll-Bonbons; vielleicht sind sogar die grünen besser. Ich weiß nur, daß Pullmoll sehr gut für Opernsänger sein soll.

Ach, der Jói ist doch so doof, sagt Jón.

Was bin ich?

Doof.

Das Wort doof ist kaum in den Keller gefallen, als Jón sich plötzlich umdreht, als ob er der Herrscher des Weltalls wäre, und uns mit seiner Nagellatte bedroht.

Jón ist der erste.

Deswegen müssen wir alle stehenbleiben, wenn Jón sich umdreht, es sei denn, wir liefen vor ihm weg und die Treppe hinunter. Wir bleiben alle stehen. Jón braucht keine Orden, um sein zerfetztes Nyltesthemd in eine Offiziersuniform zu verwandeln. Sein aufrechter Gesichtsausdruck und seine soziale Stellung auf der Treppe sagen: Kompanie halt. Jón führt die rechte Hand an seine Stirn.

HALT.

Für einen Moment glaube ich, daß er alle anderen Ritter köpfen wird, um allein im Seidenbett zu liegen, das ich in Gedanken gebaut habe. Die schönen Feen träufeln Duftstoffe über den Kaffeegeruch, binnen einer Sekunde erlangt er Geschlechtsreife und entjungfert das viele hundert Jahre alte Dornröschen.

Jón zieht an seiner dritten Zigarette.

Die Glut der Lark erhellt die Dunkelheit, taucht die unverputzte Wand in einen goldenen Glanz, als käme die Sonne zu einer Stippvisite, oder als ob die bereits installierten Schalter plötzlich Strom bekämen.

Dann erlischt alles, und Jón zeichnet mit der Glut Kreise in die Dunkelheit. Herausfordernd überblickt er die Ritterschar und zieht an der Zigarette.

Jóns Gesicht ist gelb und knochig. Mit zitternder Stimme unterbricht er plötzlich die von ihm beschworene Stille.

Jetzt kommt die Parade.

Wer seinen Pimmel nicht vorzeigt, kriegt die Nagellatte in den Hintern. Ist das klar, sagt die Stimmung in der Luft, sagt der Wind, der weht, ohne zu wehen, sagt...

Das hat Jón garantiert von seinem Bruder, dem pockennarbigen Bäcker, aufgeschnappt, der manchmal mit seinen Freunden ein Pimmelmessen veranstaltet. Aber die sind schon alle geschlechtsreif, und sie wetten um Cola und Kekse, wem es zuerst kommt, wer am weitesten kann und bei wem am meisten kommt, während Jón wie festgewachsen am Schlüsselloch klebt.

Du zuerst, sagt Óli.

Nein, du, sagt Jón.

Es ist so kalt.

Jón zieht den Reißverschluß seiner Trevirahose herunter, die er auch schon auf dem Geburtstag anhatte und tut so, als würde er nach seinem Pimmel suchen.

Los, Jungs.

Mir ist, als habe sich mein Pimmel in Luft aufgelöst. Ich finde ihn nirgends. Ich schüttele am Hosenbein, um zu sehen, ob er vielleicht auf die Treppe fällt. Ich werde so tun, als ob ich keinen Pimmel hätte.

Ja, raus damit. Sonst pisse ich euch einfach an, sagt Jón und hat die Hand am Hosenschlitz.

RAUS DAMIT! RAUS!...

Hinter meinem Hosenschlitz, wo ich mit der Hand durch die Öffnung der Unterhose gefahren bin, liegt mein Pimmelchen, mit dem ich im Zeichen der Jungfrau im Wöchnerinnenheim geboren worden bin. Da liegt es, ganz verschrumpelt. Als ich es berühre, spüre ich, wie kalt meine Hände sind.

Darf ich mal sehen, sagt Jón, eins, zwei. Ja, auch du, Joí, raus damit. Jón fuchtelt drohend mit dem rostbraunen Nagel vor meinem Hosenschlitz herum.

Ich beeile mich. Eigentlich sollte ich behaupten, daß ich meinen Pimmel nicht finden, nicht rausholen kann. Ja, und dann würde Jón herkommen, um mir zu helfen, ihn rauszuholen. Dann würde ich ihn vollpissen. Hahaha. Nein, das spare ich mir für eine spätere Geschichte auf.

Ja, ich beeile mich.

Das schrumpelige Pimmelchen fürchtet sich vor dem rostigen Nagel. Es schießt aus dem Hosenschlitz hervor.

So, und jetzt, wo sie alle draußen sind ... alle Pimmel von uns vieren ans offene Licht gekommen sind, ja alle außer Jóns, da zieht Jón seine Hand aus dem Hosenlatz, umfaßt seine Latte fest, fuchtelt damit vor uns herum und sagt lachend:

Zicke-zacke, Hühnerkacke, hahaha, jetzt erzähle ich morgen überall, daß ihr immer in die Rohbauten geht, um euch gegenseitig eure Pimmel zu zeigen, hahaha, machst du vielleicht deswegen ins Bett, Óli, hahaha ...

Jón dreht sich um und geht weiter, erster in der Schar der Ritter, ein ungekrönter Anführer der Kompanie.

Still stecken wir unsere Pimmel zurück. Achten darauf, uns nicht am Reißverschluß zu klemmen. Umfassen unsere Latten fester. Jeder von uns. In gerader Reihe hinter Jón.

Um uns herum schallt das Treppenhaus.

Die runde Treppe in all ihrer Macht.

Und die schwarze Dunkelheit sendet tiefe Töne aus.

Die Einheitsfront der Mäuse

Ich sehe, daß Jón die Schultern zittern, oder daß Jóns Schultern zucken, oder wie immer man das nennen soll. Ihr wißt jedenfalls, was ich meine; von hinten ist ein lachender Mensch ein lachender Mensch.

Eigentlich kann man sagen, daß Jón uns entwaffnet hat, auch wenn sich die Nagellatten noch in unserem Besitz befinden, indem er unsere Geschlechtsteile abgewertet hat. Nicht etwa, weil unsere Geschlechtsteile so bedeutungsvoll sind, sondern weil ich davon überzeugt bin, daß er die Geschichte in den nächsten Tagen überall in unserer Straße breittritt. Selbst die Mädchen werden uns auslachen. Ja, die Mädchen werden mich auslachen.

Doch wie schon gesagt, hat Jón das unumstrittene Kommando über die übrigen Kameraden der Ritterkompanie übernommen. Nicht nur wegen der Pimmel. Auch seine Stellung auf der Treppe, seine Position in der Sentenz der Stufen, bestimmt seine Macht über uns andere. Wenn Jón fällt, fallen wir alle vor ihm die Treppe hinunter. Es ist deshalb nicht einmal möglich, ihn zu stürzen, ohne den eigenen Fall zu riskieren. Jón muß nichts anderes tun als sich abrupt umzudrehen, und schon müssen wir stehenbleiben.

Ja, wie ihr hört, definiere ich, Jóhann Pétursson, Jóns Position, um mich besser auf ihn einzustellen. In dem Moment, wo ich meine Gefühle unter einen Hut gebracht habe, beginnt ein tapferer Kampf gegen geistige und körperliche Machtdemonstrationen. Noch bin ich mir über die Forderungen nicht im Klaren: ob Jón in eine Klinik eingewiesen oder aus dem Land verbannt wird. Nein, diese Fragen befinden sich erst auf einer Stufe der inneren Erwägung, keine Aktion wird ohne die vollste Zustimmung meiner Verbündeten auf der runden Treppe in Angriff genommen. Jedenfalls kann ich, was die Zimtschnecken betrifft, mit Jón nicht Schritt halten, solange sein Bruder in der Bäckerei arbeitet. Ja, ich werde mich wahrscheinlich auf dem Steinschleuder-Markt umtun müssen und meine Waffentechnik durch die Wahrnehmung der Augen weiterentwickeln. Es sei denn, ich bitte die großen Jungs, ihn am Laternenpfahl festzubinden... Wie auch immer: Die Mäuse aus allen Kellern der umgebenden Häuser würde ich mobilisieren, so wie es in der Fachsprache der Geheimtruppe des Jóhann Pétursson heißt.

Jón ist erster. Er sprüht vor Vergnügen. Lachen in seinen Schultern. Er friert nicht einmal in seinem löchrigen Nyltesthemd mit den blutigen Kratzern auf dem Rücken. Ich spüre, wie sich die Stufen unter den weißbesohlten Gummischuhen verlieren. Der Turm kommt näher, und die Ritter der runden Treppe...

Hinter meinem Rücken hat Garđar angefangen zu gähnen. Ich kann fühlen, daß er nach Hause gehen möchte. Ich fühle es mit meinem Rücken. Ich weiß, daß er nicht weiter hochsteigen will, sich aber allein nicht hinunterwagt. Sein Kopf fällt vor und zurück, auf die Seite. Er nickt zwischen den Stufen ein, und seine Beine bewegen sich wie zwei unabhängige Wesen. Zu Hause wäre Garđar längst nach den Zickleingeschichten seiner Mutter eingeschlafen. Es sei denn, sein Vater im grünblauen Seidenkimono hätte ihm eine Fabel von Äsop erzählt.

Ich weiß, daß Garđar auf der Treppe des winddichten Hauses feuergelben Tigern begegnen würde, wenn er allein die dunklen Stufen hinabstiege. Ich kann euch nämlich sagen, daß die Tiger aus den Tarzanfilmen fast alle isländischen Geister abgelöst haben, seit die Drei-Uhr-Vorstellung der Kinos zu einem festen Bestandteil im Leben der Kinder Reykjaviks geworden ist. Garđar jedenfalls begegnet diesen Tigern regelmäßig, wenn er allein über eine dunkle Treppe geht. Ich selber höre so eine Art Muhen in der Dunkelheit, ja, wie aus den Boxen eines Kuhstalls. Was sich vielleicht durch meinen unmäßigen Milchgenuß erklären ließe. Ich tue so, als würde ich Garđars Gähnen nicht bemerken, denn in der Tat kann man nie mit Sicherheit wissen, ob das, was man fühlt, richtig oder falsch ist.

Jón ist erster.

Hinter ihm gehst du, Óli, mit der enormen Beule auf deinem Stoppelkopf. Es muß nicht besonders betont werden, daß ich, Jóhann Pétursson, Spezialist für das Waffenarsenal kleiner Kinder und zukünftiger Anführer der Mäuse im Kampf gegen Jón, der unterzeichnende Verantwortliche für die Beule bin, in enger Zusammenarbeit mit einem Zimmermannshammer aus dem Besitz meines Vaters.

Óli Óli Óli.

Im Kampf gegen Jón setze ich auf dich als einen Verbündeten.

Du bist eine von den Mäusen.

Ich weiß, daß dir der Kopf brummt. Du läßt dir nicht den Pimmel herausfischen, wenn du mit einer Latte in der Hand in ritterlichen Angelegenheiten unterwegs bist. Du läßt nicht zu, daß Jón eine pißnasse orangerote Gummimatte vor deinem Gesicht herumschwenkt und in aller Öffentlichkeit verkündet, daß du ins Bett machst. Nein, Óli, ich weiß, daß später, wenn wir uns an all das erinnern, dir dasselbe in den Kopf kommt wie mir: ja, Óli, an einem der kommenden Tage gehen wir beide, du und ich, hinter das Haus und pissen in eine Limoflasche. Du weißt, Óli, wie gern er Sinalco mag, hahaha.

Es ist die international gespannte Lage, die hier auf der Treppe in meinem Kopf tobt. Vor mir Jón, wie eine riesige Supermacht. Ich, Jóhann Pétursson, führe die Einheitsfront der

Mäuse an, die aus allen Kellern kriechen. Ich sende eine telepathische Nachricht in die Luft, eine Nachricht, die ich morgen vom Glasberg aus in unzähligen, grünen Bierflaschen abschicken werde. Am nächsten Abend wird der Kampf Früchte tragen. Die vereinten Brieffreunde der Kinderzeitschrift »Jugend« zwischen einem und siebzig Jahren erklären brieflich ihre Solidarität, und die verschiedensten internationalen Verbände werden Telegramme schicken.

Jetzt schaue ich mich auf der Treppe um.

Ich bin ein Ritter der runden Treppe.

In Gedanken liebkose ich Steinschleudern, denn vor mir geht Finnur. Da er bequem in der Hosentasche von Jóns Trevirahose Platz findet, betrachte ich ihn als einen hinterlistigen Verräter an den edelsten Idealen des Ritterstandes. Ich glaube, daß bei ihm keine Bestechung irgendwelcher Art jemals fruchten wird, weder die Mohrenköpfe, die mir Ranka, die Frau mit der Bademütze im Badezimmerfenster versprochen hat, noch ein Extrahäufchen Zigarettenstummel aus unserem Aschenbecher zu Hause. Jedenfalls nicht, solange Jóns Bruder, der pockennarbige Bäcker in der Bäckerei, unaufhörlich Zimtschnecken ausgibt. Obwohl eine minimale Chance besteht, daß Jón ihn mit der Pimmelgeschichte in Rage gebracht hat.

Drei Stufen hinter mir geht Garđar: mehr als einen Abend über einem Milchglas werde ich nicht brauchen, um ihn als Neben-Hauptsekretär für die Einheitsfront der Mäuse gegen Jón zu gewinnen, denn Garđar ist es völlig egal, gegen wen er ist, Hauptsache er ist mit jemandem zusammen. Ich baue hierbei in erster Linie auf jenes geheimnisvolle Heiligtum, das wir gemeinsam hinter den Scheiben des Friseursalons besitzen, ein Heiligtum, das unsere berufliche Zukunft und unser Glück in hellblauen Friseurkitteln betrifft, mit einem schmuckvollen Meisterbrief an der Wand.

Ich balle meine Hand fester um die Latte. Hände hoch, Hosen runter, würde ich rufen, wenn ich nicht genau wüßte, daß eine glühende Larkzigarette zu mir nach hinten geflogen käme.

Jón lacht.

Er schüttelt sich vor Lachen.

Exakt in dem Augenblick, in dem ich das Wort lachen denke, entfährt ihm eine Lachkanonade.

Wahrscheinlich sieht er unsere Pimmel immer noch draußen.

Man kann nie wissen, ob er sich nicht umdreht und mir auf das andere Auge spuckt.

Er steigt die Treppe hinauf und wedelt mit der Lark.

Ein zerrissenes Nyltesthemd und blutige Schrammen auf dem Rücken – und ab und zu dieses schallende Gelächter.

Jón lacht.

Er schüttelt sich vor Lachen.

Ansonsten tropft die Stille in kleinen Wassertropfen von der Decke auf uns nieder.

Ich betrachte die Treppe.

Sie erstreckt sich endlos in beide Richtungen.

Feucht – kalt.

Knubbel stehen auf den Stufen hervor.

Bald wird hier alles frisch gebohnert sein; eine Frau, die sich an jedem Freitag über das bleiche Bohnerwachs beugt, und vielleicht ein kleiner Junge, der mit einem Zimmermannshammer die Treppe hinunterläuft.

Aus den Wänden ragen rostbraune Drahtenden; im winddichten Treppenhaus übernehmen sie die Rolle des Wandschmucks, der erst später an den Wänden erscheinen wird.

Sie ragen aus der Wand.

Obwohl niemand spricht, sind meine Ohren voller Worte. Jedesmal, wenn ich den Mund öffne, erschallt rundum ein Echo.

Ich spüre Garđar hinter mir.

Er steht drei Stufen unter mir. Er döst zwischen den Stufen ein.

Ich spüre, wie er ohne Balance durch die Luft geht, die Latte vor sich wie einen Blindenstock.

Jói, paß mir gut auf Garđar auf, höre ich seine Mutter weiter vorn in der Geschichte sagen.

Die Latte hält die Hand fest.

Der spitze Nagel weist nach oben.

Augen öffnen und schließen sich.

Garđars Kopf wackelt hin und her. Er dreht sich im Kreis und fällt auf die Schultern, als ob Garđar eine Fliege verjagen wolle, die ihn hinten oder vorn am Hals kitzelt.

Braune Augen schweben in der schwarzen Luft.

Er streckt sich gähnend und reckt die Nagellatte hoch in die Luft.

Die Nagellatte kommt ihm von oben entgegen.

Garđar sieht dem Nagel ins Auge, der näher und näher kommt.

Die Augen halten vor dem Nagel inne, der rostbraune Nagel ist eine glänzende Schwertspitze.

Der Nagel gleicht einem Auge in Hypnose.

Die Pupillen drehen sich im Kreis, die Luft zwischen den Stufen gerät aus dem Gleichgewicht.

Es ist, als ob jemand aus der Tiefe buh sagt, aus dem dunklen Zentrum der runde Treppe herauf.

Ich fühle, wie das Ende von Garđars Latte auf die Stufe unter mir aufschlägt, während seine schreiende Stimme in das Loch hineinfällt.

Von unten hallt ein dumpfer Schlag.

In der pechschwarzen Dunkelheit

Von unten hallt ein dumpfer Schlag.

Ganz plötzlich plumps, und Schreien erfüllt das Gebäude.

Der Rohbau ist ein einziger Ton.

Nein, nein, ich schaffe es nicht. Ich schaffe es nicht. Geschwindigkeit ist etwas, mit dem ich nicht zurechtkomme, und meine Arme sind nicht lang genug.

Ich höre den Schrei, ich höre, wie die Gummistiefel auf den Boden klatschen. Nicht so laut, Garđar, nicht so laut.

Pst, jemand könnte es hören.

Wir drücken uns alle an die Wand.

Die Drahtenden ragen heraus.

Ich habe nur Halluzinationen. Ich glaube den Geräuschen nicht, die ich höre.

Mit zitternden Knien nähern wir uns der offenen Mitte der runden Treppe. Wir legen uns auf die Kante. Es ist, als ob jemand aus der Tiefe buh sagt.

Vier Gesichter blicken fassungslos in den Schacht der runden Treppe, vier Gesichter, acht Augen, die erstarren, und Finsternis wallt aus dem Loch empor.

Ganz plötzlich: plumps.

Jón ist nicht vom Sockel gestürzt, und wir übrigen kugeln nicht vor ihm die Treppe hinunter. Es ist nicht Jón, den die Einheitsfront der Mäuse über den Felsrand treibt. Kein Mann, der ein unsichtbares Tau ergreift, kein Indianer, der im Film vom Vorsprung fällt. Kein Ritter aus dem Traumbuch der

Gedanken. Ich spüre, wie die Nagellatte meiner Hand entgleitet.

Garđar: er ist hinter mir die Treppe hinaufgestiegen. Jetzt bin ich letzter.

Er ist in den pechschwarzen Treppenschacht gefallen.

Von der viertobersten Stufe der vierten Etage.

Er ist gefallen …

Als er die Latte auf die Stufe stieß, ist er mit ihr in das Loch gefallen.

Direkt in die pechschwarze Dunkelheit.

Eine kleine Pfütze kräuselt sich auf der Stufe. Der Rohbau stöhnt vor Angst.

Die Dunkelheit liegt wie aus einem Eimer geschüttet auf meinen Augen. I-i-ich kann nichts sehen.

Die Welthölzchen rascheln nur in Jóns Hosentasche. Sie rascheln bloß. Sie brennen nicht.

Nichts brennt hier.

Nicht einmal die Glut einer Lark.

Ja, auch wenn Christus uns einen kostenlosen Strahl mit doppelter Lichtgeschwindigkeit durch das Kudo-Glas des CVJM-Heimes schicken würde, ist die Plastikbespannung hier vor den Fenstern des winddichten Rohbaus undurchdringlich grau und voller Betonspritzer.

Kein Licht.

Nur die pechschwarze Dunkelheit.

Oh nein, steh mir bei. Mich gibt es nicht.

Ja, es ist, als hätte jemand in der Tiefe buh gesagt und Garđar mit einer unsichtbaren Hand hinweggerissen. Die Fenster bersten vor Trollen, die durch das Plastik kriechen. Schlaflose Plumpse stampfen auf der Treppe hoch und nieder. Das schwarze Drachenschiff segelt durch meinen Geist.

Mich gibt es nicht.

Ach, lieber Guter, bitte, bitte, entlaß mich aus dieser Geschichte. Ich will nicht in diesem Rohbau eingeschlossen sein.

Ich will nicht. Ich …

Ich höre einen Schrei.

Hier auf der Kante, wo ich stehe und in die pechschwarze Dunkelheit schaue, höre ich einen Schrei. Einen Schrei, der wieder und wieder kommt. Ein Schrei, der mir den Kopf zerfetzt. Ein Schrei, der sich weit in die Zukunft dehnt.

Plumps Plumps Plumps.

In dieser Sekunde stehen meine Augen eine Ewigkeit lang offen.

Was sollen wir tun, sagen wir jeder für sich und alle gemeinsam.

Wa-was, Joí Joí, du Joí, sagt Jón.

Über mir die Realität in den bleichen Gesichtern der Jungs.

Jóns Gesicht ist erstarrt.

Óli, dein Gesicht ist erstarrt.

Finnurs Gesicht ist erstarrt.

Unsere Gesichter sind alle erstarrt. Nur die Welt schmilzt unter unseren Füßen.

In der pechschwarzen Dunkelheit des Treppenhauses tanzen Schatten.

Ich wage mich nicht runter.

Ich trau mich nicht.

Alles ist im Taumel.

Und doch ist mir bewußt, während die Gedanken durch meinen Kopf ziehen, daß es passierte, als ich, Jóhann Pétursson, zukünftiger Anführer einer Ritterschar, Spezialist in Waffenfragen für kleine Kinder und so weiter, daß es geschah, als ich mit den weißbesohlten Gummischuhen die zweitoberste Stufe der runden Treppe betrat, ich wie eine Flaschenpost auf den einsamen Wogen der Meere; ja, daß es geschah, als ich die zweitoberste Stufe betrat, langsam wie Zeitlupe im Kino, da stürzte der rückwärtige Verteidiger unserer Ritterschar, der zukünftige Neben-Hauptsekretär in der Einheitsfront der Mäuse, Garđar, der die Zukunft aus den Scheiben des Friseursalons lesen konnte, abends, nachdem geschlossen war; ja, er… stürzte hintenüber, mit voller ritterlicher Bewaffnung, einer Nagellatte, die von weit her über die Weltmeere gekommen ist, bevor sie hinter einem Haus in unserer Straße endete, als ein Glied in der gewaltigen Aufbauphase der Nation dalag, als Garđar sie aufhob, mit rostigen Nägeln bestückt, glänzend in unseren Vorstellungen wie Schwertspitzen, es geschah an jenem Abend, als du Geburtstag hattest, Óli.

In dieser Sekunde stehen meine Augen eine Ewigkeit lang offen.

Mich gibt es nicht.

Ich traue mich nicht runter.

Die Schreie aus der gähnenden Tiefe fahren fort, so wie unsere Füße, die die Treppe hinunterstürzen.

SCHNELLER, SCHNELLER, im Spurt, SCHNELLER.

Garđar:

Heute warst du Gärtner im grasgrünen Landsitz aus Plastik, trabtrabtrab, und wir reisten auf einem Skistock durch die Wohnung, an deinem Geburtstag, Óli, trabtrabtrab, eine blaugrüne Wasserpistole und die Zukunft in den Fenstern des Friseursalons, trabtrab, hinauf und hinunter den Hang, in Trance wie ein ältliches Paar, trab, ding-dong macht die Türklingel bei dir, Óli, die Netzkugel fliegt hoch in die Luft, hahaha, siehst du die Frau im Badezimmerfenster, sie hat eine beige Bademütze auf... Nein, wenn ich zu Hause im Bett gewesen wäre, wäre ich jetzt aus dem Schlaf hochgeschreckt.

SCHNELLER, SCHNELLER.

Als wir unten ankommen, wo die Filterstummel der Larkzigaretten liegen, zieht Jón ein Welthölzchen aus der Tasche, das den ganzen Weg nach unten geraschelt hat und entzündet ein feuergelbes Licht, das sich auf unseren Gesichtern ausbreitet.

Das Streichholz leuchtet die Dunkelheit aus, in der Garđar auf dem Boden liegt, bewußtlos stöhnend auf dem Boden.

Da sehe ich, daß der rostbraune Nagel in sein Auge gefahren ist.

Das Auge ist nicht zu sehen.

Über den Rücken kriecht die Dunkelheit.
Blut rinnt.
HILFE! HILFE! HILFE!
Die Jungs versprechen, zu warten.
HILFE! HILFE! HILFE!

Ich weiß nicht mehr, wer ich bin

Als sich die Holztür des Rohbaus mit einem langgezogenen Kreischen öffnet, trifft mich der Nachtfrost unvermittelt, winkt mit welkem Kartoffellaub, die nackte Luft steht wie eine Wand.

Vor dem Haus hat der Gummireifen des Betonmixautos eine tiefe Spur hinterlassen, darin ist gefrorenes Glas, das unter den weißbesohlten Gummischuhen zerbricht. Die Dunkelheit ist ein Kuhstall, in dem jeder Gedanke widerhallt.

Neben dem Rohbau steht eine schwarzgeteerte Kaffeebude; das kleine Fenster mit den Thermoskannen darin blickt wie ein unstetes Auge über das Grundstück ... Und daneben liegt ein aufgerissener Zementsack.

Mir ist, als ob mir jemand die Ohren abreißen wolle, während ich renne, meine Beine entweder vor oder hinter mir.

Ohne Umschweife erheben sich die Tauben von den Dachrinnen, als ich in unsere Straße einbiege. Sie sammeln sich aus allen Richtungen in der Luft wie Papierfetzen. Doch unter den Autos lauern leuchtende Katzenaugen, vor Furcht gelähmt auf ihrem gierigen Streifzug um die Erde.

Ich renne, ich renne.

Kuul-itt, bejbi, sagt der Wind, ohne zu wehen, sagen die Berge im Umkreis der Stadt, die Häuser im Kreis meiner Gedanken.

Ich spüre die Haare wachsen.

Ich höre meine Zähne, die wie ein defektes Klavier die Straße entlang klimpern.

HILFE HILFE HILFE.

Kuul-itt, bejbi.

Um die Lampenpfosten zieht sich ein Regenbogen im blaugrünen Ring. In den glitzernden Frostpfützen liegt die Straße verlassen. Nur ich, Jóhann Pétursson, erfülle die Leere mit meiner rennenden Einsamkeit. Kein alter Mann, der mich aufhält und fragt: Was ist los, junger Freund?

Garđar, Garđar.

Ich renne, deinen Namen auf den Lippen.

Hinter dem Wohnzimmerfenster einer Kellerwohnung geht ein riesiger Gorilla im blauen Licht der amerikanischen Fernsehstation die Straßen einer Großstadt entlang und kippt Häuser mit seinen Fingerspitzen um, genau wie dein Onkel von der Polizei es in deinen Träumen tut, Óli.

HILFE HILFE HILFE.

Die Straße schläft.

Es ist so spät, daß Mama längst nicht mehr auf die Treppe hinaustritt, um mich zu rufen. Sie hat Angst; sie könne ja die Frau mit der Bademütze hinter dem Badezimmerfenster wecken, und deren Tochter, die gerade die Mittlere Reife macht, könnte Kopfschmerzen bekommen.

Jetzt wartet Mama in der Küche im Morgenmantel auf mich. Wenn ich nicht nach Hause komme, überschwemmt sie den graumelierten Küchentisch mit Tränen. Wenn ich aber nach Hause komme, schimpft sie mich aus, ermahnt mich eindringlich, wie es im Schuldirektorenjargon heißt. Sie ist unruhig über ihrer Kaffeetasse, denn Pik-As war beim Kartenlegen heute abend ein häufiger Gast, und draußen ist es dunkel. Papa ist gekommen und wieder gegangen. Heute abend macht er Überstunden.

HILFE HILFE.

Man scheint mein lautes Rufen zu hören, denn plötzlich beginnen alle Gardinen sich zu bewegen, Balkontüren öffnen sich ... HILFE HILFE HILFE ... Tränen strömen die Wangen herunter. Das Kind hat etwas, sagt eine Frau mit dem Gesicht zwischen zwei Blumentöpfen durch die Fensterscheiben. Was macht er auch so spät auf der Straße. Es ist bereits Nacht. Meine sind schon lange im Bett.

Ich höre kaum ein Wort durch die fließenden Tränen, durch die Luft, die wie eine Wand ist, im Spurt, ich, mit den Gummischuhen an den Füßen.

Schau, dort liegt die Netzkugel in zwei Hälften. Dein Jammern, Óli, hängt noch in der Luft.

Und dort, schau, ist der Laternenpfahl, um den wir herumstanden, ehe Jón mir aufs Auge spuckte. Ja, da siehst du es. Ich spreche mit mir selbst, wie ein Fremdenführer mit einer fremden Person.

Alles ist noch da. Ich kann durch meine Gedanken nichts ändern. Nichts auslöschen. Alles ist noch da.

Sogar die Vogelscheuche in Skúlis Garten. Sie hängt da wie ein Clown. Ich wollte, ich könnte sie sein: sorglos und mit Stroh anstelle des Herzens.

Alles geschieht unabhängig von meinem Willen.

Ich kann nicht einmal die Uhren zurückdrehen.

HILFE HILFE.

Endlich stehe ich keuchend auf dem Treppenabsatz bei Garđar. Am liebsten wäre ich auf der anderen Seite der Welt, oder bei meinem Doppelgänger auf dem Mond, schwarz wie die Dunkelheit. Joí, paß auf Garđar auf ... In Gedanken höre ich Garđars Mutter diese Worte an mich richten. Du paßt auf Garđar auf. Hier auf diesem Treppenabsatz, als wir heute Abend losgingen.

Dingdong.

Nach kürzester Zeit bewegt sich ein Schatten im Flur und Garđars Vater, der immer die Enten füttert, kommt im chinesischen Morgenmantel zur Tür, die Brille auf der Nasenspitze balancierend, das schwarze Buch unterm Arm. Er sieht mich aus großer Ferne über seine Brille an, die die Ränder unter seinen Augen vergrößert. Er blickt mich an, als habe ich mich im Haus geirrt oder sei wiedergekommen, um einen Abend später nach Garđar zu fragen.

Er schaut auf die Uhr. Er sagt nichts, während ich nach Worten suche, die ich sagen will und nicht herausbringe, denn die Worte sprudeln einfach in alle Richtungen aus meinem Stoppelkopf hervor, ohne sich zu ganzen Sätzen zu fügen.

Erst als Bára, Garđars Mutter, mit fragendem Gesichtsausdruck über der grünblauen Schulter des Seidenmorgenmantels auftaucht, werden die Worte, die in meinem Kopf herumwirbeln, zu einer verständlichen Sprache.

Wo ist Garđar, was hast du mit ihm gemacht?, fragt sie und hockt sich auf ihre Fersen, während sie sich die Haare aus der Stirne streicht und mir die Tränen von der Backe wischt. Den Rotz hochziehend, mit blitzenden Tränen in den Augen, zeige ich mit der Hand in Richtung Rohbau.

Sie wischt mir die andere, tränennasse Wange ab.

Garđar ist gefallen.

Oh Gott, ist er verletzt?

Ihr Gesicht wird rot bis zum Platzen.

Schwer?

Ja, Krankenwagen.

Bára, Garđars Mutter, springt auf, schießt auf ihren hochhackigen Schuhen in die Wohnung, reißt den Telefonhörer hoch, drückt mehrmals auf die Gabel, um schneller eine Verbindung zu bekommen, während ihr Mann im grünblauen Seidenmorgenmantel von Zimmer zu Zimmer rennt. Einen Augenblick später steht er im Anzug neben seiner Frau am Telefon, direkt gegenüber dem Spiegel, der ihn aufsaugt. Die Springseile liegen verlassen auf dem Boden. Die Schwestern mit den gelben Kleidchen schlafen schon lange. Sie erinnern mich nicht mehr an den ersten Sommertag.

Krankenwagen, schnell...

Ja, Krankenwagen.

An der Ecke... ja.

Es ist im Rohbau.

Ja, bitte, sofort kommen.

Während die Tür hinter Garđars Eltern ins Schloß fällt, schaue ich auf den hellgrauen Treppenabsatz, um nicht etwas anderes sehen zu müssen. Ich spüre, wie ihre Füße die Treppe hinuntersteigen. Ich wühle in meinen Hosentaschen. Da ist nichts außer meinen feuchten Händen im Hosenfutter.

Das Klappern von Báras hochhackigen Schuhen auf der hellgrauen Betontreppe hört sich an wie Hufschlag, ja, oder wie ein plötzlicher Schußwechsel, als sie die Treppe hinunterrennt. Dann entfernen sich die Schritte der beiden wie die ausklingende Trommel in einem Jazzstück, und der Abend zeigt sie als zwei kleiner werdende Punkte auf der löchrigen Straße. Ich hocke mich auf die Treppe und lasse meinen Kopf gegen das Geländer fallen. Als ich die Sterne oben am Himmel sehe, wünsche ich, sie seien meine Augen und blickten über die Erde.

In der Ferne hat eine Sirene zu heulen begonnen.

Aus dem Kopf des Mannes, der auf den Gashebel tritt, schießen rote Flammen.

Ich kicke ein Steinchen vor mir die Treppe hinunter.

Mama kommt mir im Popelinemantel aus dem Nachbarhaus entgegen; die vielen Pik-As waren scheinbar kein Zufall, trotz all der lächelnden Buben und den Zehnen, die Geld versprachen.

Jóhann, Jóhann, was soll das alles heißen, hast du nicht gehört, daß ich dich gerufen habe?

Doch. Ich kann noch nicht einmal mehr lügen. Ja, hier stehe ich und kann nicht lügen.

Aber lieber Jóhann, weißt du, wie spät es ist? Das machst du nicht noch einmal. Sogar Tryggvi schläft schon lange.

Ich sehe, wie die Jungs, Finnur, Jón und Óli, die Straße entlanggehen, niedergeschlagen und mit stummem Abstand voneinander; von den Wänden rund um den Rohbau wird das

Blinklicht des Krankenwagens hoch in den Himmel reflektiert.

Garđar ist gefallen.

Ich weiß, Mama will sagen, daß uns tausendmal verboten worden ist, Rohbauten zu betreten, als der Krankenwagen rotglühend an uns vorbeirast und Mama schweigt. Ich drehe mich um. Ich versuche, meinen Kopf in ihren Bauch zu stecken, und sie streichelt mir den Nacken. Mit meinem Gesicht in ihrem Bauch verschwinde ich so weit, daß die eiskalten Finger der Hebamme in der Wöchnerinnenstation in meiner Erinnerung auftauchen. Ich spüre, wie ich, blau angelaufen, schreie.

Óli, von deinem Geburtstag sind immer noch ein paar Minuten übrig, als du die Kellertreppe hinuntergehst, niedergeschlagen, mit der Beule wie ein Horn auf deinem Kopf. Du wagst nicht aufzuschauen. Deine Augen sind auf den Boden geheftet, während deine Finger blind nach der Klingel tasten. Vielleicht hast du heute Abend dazu beigetragen, daß deine Mutter fünfzig Prozent mehr als sonst geraucht und ihr Leben somit um einige Stunden verkürzt hat.

Mama und ich steigen stumm die Treppe hinauf, gehen durch die Haustür. Drinnen sehe ich die frisch gebohnerte Treppe wie etwas gänzlich Neues. Ich versuche, die Geschichte umzukehren und laufe die frisch gebohnerte Treppe mit Vaters Zimmermannshammer in der Hand hinunter... Nein, als Mama das Deckenlicht anknipst, öffnen sich meine Augen und ich stehe hier auf dem Treppenabsatz. Mama öffnet mit dem Assa-Schlüssel die Tür zur schwach beleuchteten Wohnung. Ich werfe mich über das Teaktischchen, auf dem das Telefon steht, und sehe mein Spiegelbild mit Tränen in den Augen den Rotz hochziehen. Ich will mich nicht mehr sehen. Ich lasse die Stirn auf meinen Handrücken fallen, und meine Tränen rinnen so klar und rein über den teakbraunen Tisch, daß er vor Weihnachten bestimmt nicht mehr geputzt werden muß.

Nana, das kommt schon wieder in Ordnung, Garđar kommt wieder, sagt Mama, während der Abend aus mir herausfließt, die Ritter der runden Treppe durch meine Gedanken stampfen und Garđar an der Treppenkante tanzt, die rostbraunen Nägel der Nagellatte wie glitzernde Schwertspitzen, während Mama mir über den Kopf streicht, na, na, er kommt wieder, er kommt wieder ... Und ganz allmählich fließt dieser Tag aus meinem Kopf, bis er plötzlich ganz abgeschnitten oder abgerissen ist, wie ein Film.

Ich weiß nicht mehr, wer ich bin.

Nachwort
in zwei Kapiteln

Und ich hatte geglaubt...

Als ich die Augen öffne, sehe ich, daß die Nacht die Erde verlassen hat. Sie hat sich weißgottwohin mit der gefleckten Dunkelheit verzogen. Und irgendwo im Himmel liegen unsichtbar die hellblauen Sterne. Die Helligkeit kriecht durch die Gardinen ins Zimmer. Sie fällt kalkweiß durch das Fenster auf den Kleiderschrank, wie ein gerahmtes Bild.

Um mich besser in der Welt zurechtzufinden, öffne ich mehrmals die Augen. Kein Zweifel, ich bin es, Jóhann Pétursson, der hier im Bett liegt.

Ja, hier sind meine Initialen kunstvoll auf den Bettbezug gestickt, und unter dem gestreiften Schlafanzug spüre ich meine urinfeuchten Arschbacken.

Rotglühender Hautausschlag.

Ich wälze mich aus der Pfütze im Bett. Es knarrt in den Springfedern. Ich weiß, daß Óli unten im Keller auch ins Bett gemacht hat.

Die Nacht ist wie ein Radiergummi gekommen und hat den gestrigen Tag aus meinem Kopf gelöscht, denn als ich mich umdrehe und das Licht auf den Kleiderschrank fallen sehe, stöbert mein Geist unten zwischen den Schuhen herum.

Ist die schwarze Köchin da, klingt es von einem Kinderchor wie aus der Kinderstunde durch das Fenster herauf. Ja, ja, ja... es sausen die Springseile und die Mädchen kreischen, Haarschleifen spielen im Wind.

...und hier liege ich, Jóhann Pétursson, im urindurchnäßten Schlafanzug mit der Bettdecke bis zum Kinn, als gäbe es die Herbstsonne nicht, oder als wäre ich mit dem Kartoffellaub heute nacht abgestorben. Vielleicht habe ich hundert Jahre geschlafen.

In Gedanken stöbere ich unten zwischen den Schuhen herum.

Ich will raus.

Wie ein Radiergummi scheint die Nacht den gestrigen Tag aus meinem Kopf gelöscht zu haben. Ja, auch wenn ich mich an alles erinnere, was gestern geschehen ist, kommt es mir vor, als sei nichts davon geschehen.

Natürlich erinnere ich mich an alles: an die Ringkampfkönige auf deinem Geburtstag, Oli, an den Krauskopf mit den Pickeln, an die schreiende Stimme aus dem Dunkel der runden Treppe und die Nagellatte im blutigen Auge. Und an mich, ich erinnere mich an mich, den Ritter der runden Treppe, der voller Angst spurtete.

In Gedanken ordne ich den Tag neu. Ja, vielleicht hat Garđar im Krankenwagen ein neues Auge bekommen. Jetzt ist er sicher entlassen, hat eine weiße Binde über dem Auge, und die anderen beneiden ihn.

Jetzt zeige ich's euch. Ich krabbele aus dem Bett, um meine Gedanken auf wissenschaftliche Art zu beweisen. Ich gähne, um zu prüfen, ob die Nervensignale auch in voller Übereinstimmung mit den übrigen Körperfunktionen stehen. Doch, doch; meine Kleider liegen auf dem Stuhl. Ich springe zur Decke, während ich die Hose anziehe und den Knopf durch das Knopfloch drücke. Und hier stehe ich im Zimmer, in meiner historischen Größe, in Jeans und Nachthemd.

Jetzt werde ich's euch zeigen. Ich ziehe die Gardinen zurück und beuge mich aus dem Fenster, überzeugt davon, daß Garđar auf dem kleinen Mäuerchen sitzt, auf dem er immer sitzt und darauf wartet, daß Óli und ich rauskommen. Schau, da ist er: ja, Garđar sitzt auf dem Mäuerchen. Er wendet dem Fenster den Rücken zu und beugt sich vor, als würde er etwas mit dem Zeigefinger in den Sand zeichnen. Ich klopfe ans Fenster. In dem Moment, wo er sich umdreht, verschwindet sein Gesicht, und das betongraue Mäuerchen liegt verlassen draußen in der eiskalten Herbstsonne. Kein Garđar. Nichts. Nur ein paar Mädchen beim Seilspringen, die glauben, ich hätte ihretwegen geklopft. Sie machen sich über mich lustig, als sie merken, daß ich im gestreiften Nachthemd im Fenster sitze.

Noch einmal betrachte ich die Kinder. Die Springseile und die gelben Kleidchen von Garđars Schwestern sind ebenfalls unsichtbar. Sie sind nirgends. Schnell fahre ich in das kleinkarierte Hemd.

Ich kann an den Geräuschen erkennen, daß Mama einkaufen gegangen ist. Außer mir ist niemand zu Hause, nur Papa, der im Schlafzimmer schnarcht. Er kam gestern abend so spät von der Arbeit, daß er noch schläft, und Tryggvi ist längst zur Schule gegangen.

In der Küche stürze ich mich auf die große Blechdose, die laut dröhnt, wenn man sie nur berührt. Ich fische drei dicke Kekse von ihrem Boden. Tauche diese in eiskalte Milch und schlucke sie weich hinunter, erhebe mich vom graumelierten Küchentisch und rülpse mit drei Glas Milch im Bauch.

Im Flur treffe ich den Mieter, der neu in ein Zimmer auf unserer Etage eingezogen ist. Er ist auf dem Weg zur Toilette, im Wolleibchen und mit Rasierschaum. Sonst sieht mich niemand, als ich die frisch gebohnerte Treppe hinunterschleiche, meine Hände so leer, daß ich gerade dabei sein könnte, eine Firma zu gründen.

Ich weiß, was ich mache.

Ich werde nach Garđar sehen und fragen, ob er nicht mit mir kommen und mit dem Friseur Anton plaudern will, denn wenn hinter den Fenstern des Friseurladens wenig zu tun ist, erzählt Anton uns allerhand Geschichten. Ja, ich werde nach Garđar fragen, denn weil er nicht draußen ist, muß er wohl drinnen sein. Vielleicht liegt er im Bett und hat eine Binde über dem einen Auge, und eine Colaflasche steht neben ihm auf einem kleinen Küchenschemel.

Vielleicht.

Ich sehe, daß jemand meine Gummischuhe abgewaschen hat, denn schwarzglänzend saugen sie das Licht von der Haustür in sich auf. Der Nachtfrost draußen ist noch nicht aus der Erde gewichen, und die Mädchen, die sich vorhin über mich lustig gemacht hatten, springen noch immer Seil.

Auf dem Öltank vor dem Haus sitzt du, Óli, mit der Beule auf dem Kopf. Ich habe völlig leere Hände und schlage dir nicht mit dem Zimmermannshammer auf den Kopf.

Als du mich siehst, Óli, springst du vom Öltank und folgst mir mit den Händen in den Taschen.

Hastu was gehört?, frage ich.

Nein, die Krankenwagenfahrer haben uns ausgefragt. Wir wußten nichts, bloß daß er gefallen ist.

Hei, komm, Óli, wir wollen nach ihm fragen.

Óli, du denkst nach, aber erkennst, daß ich mit dem, was ich sage, recht habe. Die, die nicht draußen sind, müssen demnach drinnen sein. Man geht nach ihnen fragen. Ich schreite über den Kies vor Garđars Haus. Oli folgt mir auf den Fersen. Wir haben beide angekaute Gürtel, die herunterhängen. Unter unseren Füßen wirbelt der Kies, so daß unsere frisch abgewaschenen Gummischuhe staubgrau werden. Ich fasse um das Geländer und ziehe mich immer drei Stufen auf einmal hoch. Óli steigt auf der anderen Treppenseite hoch und stützt sich an der Wand ab. Wir treffen uns auf dem Treppenabsatz vor Garđars Wohnungstür.

Dingdong.

Schweigsam stehen wir auf dem Treppenabsatz. Die Klingel läutet. Niemand kommt.

Hinter der Wohnungstür summt die Stille in winzigen Staubteilchen. Dann ganz plötzlich: die Zwischentür wird aufgemacht. Hinter dem Fenster erkenne ich helles Haar, das ein Auge von Bira, Garđars Mutter, bedeckt. Das andere Auge ist weit aufgerissen und glänzend. Ein blauer Rand darunter. Sie öffnet die Tür. Vielleicht hat sie intuitiv geglaubt, daß wir der gelähmte Plakettenverkäuferjunge sind, denn es bringt Unglück, ihm nicht zu öffnen.

Ich räuspere mich und frage: Ist Garđar da?, natürlich ganz im Glauben, daß er nicht vom Krankenwagen abgeholt worden ist, er muß zurückgekommen sein.

Nein. Bára streicht ihr Haar vom Auge zurück, so daß sie jetzt zwei sichtbare Augen hat.

Wo ist er dann?

Dort.

Mit dem Zeigefinger zeigt sie in den blauen Himmel, und mit offenen Mündern schauen wir nach oben, drehen uns mit den Köpfen im Nacken um, starren mit verzerrten Gesichtern in die Luft, während sie hinter uns leise die Wohnungstür schließt. Er ist bei Gott, flüstert eine Stimme durch die Tür, und eine Wolke in Form eines Lamms segelt am Himmel entlang.

Plumps.

In mir fällt etwas.

Ich drehe mich um, werfe einen flüchtigen Blick auf Óli. Jetzt verstehe ich den gestrigen Tag... Er flutet über mich wie Seife in die Augen von Kindern.

Nein nein nein.

Óli, du sagst nichts. Du forderst nicht einmal den Schlag mit dem Hammer, den ich dir für heute versprochen hatte. Ist Garđar etwa ein Drache, der irgendwo dort im Blauen schwebt, unsichtbar, selbst wenn man ein Fernrohr benutzt, frage ich auf dem Weg die Treppe hinunter.

Ich renne die frisch gebohnerte Treppe hinauf, vorbei am Mieter im wollenen Leibchen, der sich jetzt rasiert hat, durch die Tür und in mein Zimmer. Der Schlüssel zittert in meinen Händen, als ich versuche, hinter mir abzuschließen...

Und ich hatte geglaubt, kleine Jungs könnten nicht sterben.

Ich kann immer weniger sagen

Ich kann nicht sagen, wie lange ich hier auf dem Bett gesessen und die Sonne betrachtet habe,wie sie die Schatten an der Wand verwandelt, ich weiß es ebensowenig wie die Fliege, die ganz offensichtlich versucht, durch das Kudo-Glas im Fenster zu entkommen. Ich weiß nur, daß die Tür abgeschlossen gewesen ist und daß ich wunderliche Flötentöne zur Decke habe steigen hören. Ich habe sie aus dem Abfallkorb steigen und das Aquarium meines großen Bruders umspielen hören. Ich weiß nicht, wie lange ich so dagesessen habe, aber irgendwo hat man angefangen, fuhrenweise die Dunkelheit in den Himmel zu türmen.

Ich weiß nicht, wie lange ich so gesessen habe, bis plötzlich:

Bumm bumm bumm.

Es klopft an der Tür.

Es klopft. Ganz behutsam, als sollte es niemand hören außer mir.

Pst, mache ich zu mir selbst.

Klopf klopf klopf.

Etwas fester, doch ganz behutsam.

Nicht so, wie wenn Papa kommt, den Türgriff packt und vor der Tür meinen Namen ruft.

Nicht so, wie wenn die Jungs nach mir fragen.

Es klopft.

Nicht so, wie wenn ich »Essen« vom Flur höre.

Klopft.

Augenblicklich weiß ich, daß Garđar zurückgekommen ist; er steht vor der Tür, ein kleiner Engel mit Wachsflügeln, in den Gummischuhen, die er gestern trug. Als ob die Telefonrechnung durch den Briefschlitz der Haustür geflogen und über die Treppen nach oben durch die Tür geschwebt wäre. Ja, er trägt einen weißen Kittel mit goldenen Spangen, die das ganze Viertel in Licht tauchen. Vierfüßig fallen alle Küchentische gemeinsam zum Gebet auf die Knie, und Pfarrer Daniel verteilt kleine Glöckchen von Haus zu Haus.

Ich erhebe mich mit offenen Augen. Ich heiße Jóhann Pétursson. Ich bin darauf vorbereitet, daß Jesus aus dem Kleiderschrank tritt. Ja, vielleicht hat er sich im Bettzeugkasten unten im Kleiderschrank verborgen, wo ich mich versteckt hatte, nachdem ich dich mit dem Zimmemannshammer auf den Kopf geschlagen hatte, Óli. Er wird auferstehen und mir erlauben, Garđar dort zu besuchen, wo er jetzt ist. Einen Augenblick, ja einen Augenblick entsteigt Garđar einem jener Heiligenbildchen, die durch die Sonntagsschulen aller Länder in die Gedanken der Kinder gelangen, und die ich in einer Blechdose von Mackintosh aufbewahre, zusammen mit ein paar Bildchen vom Schauspieler Rex Gildo.

Klopf klopf klopf.

Ich taste nach dem Schlüssel in der Hosentasche.

Garđar, er steht da draußen mit einem Goldzweig in den Händen, und drei kleine Engel mit Grübchen schweben über seinen Schultern. Willst du zum Spielen kommen, höre ich es durch das Schlüsselloch flüstern.

Warte kurz, flüstere ich, warte kurz.

Ich stecke den Schlüssel in das Schlüsselloch, meine Hände zittern vor Freude; ja ich, Jóhann Pétursson, der hier gaffend vor Verwunderung steht, bin bereit, an ein Wunder zu glauben, an den Sieg der Wünsche, an die Macht der Hoffnung, den gnädigen Vater himmlischer Gefilde im Hinterkopf, während ich den Schlüssel ritsch ratsch ritsch im Schlüsselloch umdrehe und die Türe öffne.

Meine Arme sinken herab.

Die Zunge klebt mir am Gaumen.

Vor der Tür steht der alte Spielzeughändler in seiner grauen Strickweste, genauso wirklich wie die Wirklichkeit, ohne Wachsflügel, aber schniefend, während es ihm gelingt, seine Gedanken nach dem Alphabet zu ordnen. Und nicht nur das; neben dem alten Spielzeughändler steht sein dreißigjähriger Sohn, der im Sportverein Gewichtheben trainiert und manchmal im Spielzeugladen bedient.

Meine Arme sinken herab.

Ich kann immer weniger sagen.

Dein Vater hat uns reingelassen, sagt der alte Spielzeughändler und zieht seine Zunge langsam über das Gebiß.

Machtlos gehe ich zum Bett zurück; meine Augen wie zwei Gefangene, jedes in seine Richtung fliehend. Vielleicht sollte ich der Fliege behilflich sein, durch das Fenster zu kommen, indem ich mich selbst gegen das Glas werfe.

Eh, du bist gesehen worden, sagt der Spielzeughändler, während er an den Knöpfen seiner Strickweste fummelt, ich-ich will dir erlauben, dir alles gut zu überlegen, sagt er und blickt zu seinem Sohn, der schweigsam und mit vor Muskeln geschwollenem Gesicht dasteht. Als ob sein Mund voller Steine wäre.

Ist das wirklich wahr, Jóhann?, fragt Mama, die jetzt auf ihren Pantinen aus der Küche den Flur entlangkommt.

WAHR! Mama sieht aus wie ein Ausrufezeichen.

Ich muß mich doch sehr wundern, Jóhann.

Würdest du bitte …

Während der Spielzeughändler und sein Sohn, der Gewichtheber, oben bei Mama und Papa in der Küche warten, gehe ich mit dem Schlüssel zur Abstellkammer über die frisch gebohnerte Treppe hinab, über die dunklen Kellertreppen. Wenn ich dir jetzt bloß Luftballons schenken würde, Óli, oder Kartoffeln holen. Nein, ich habe den Abstellkammerschlüssel in einer Hand, um die Spielsachen zu holen, die ich mit Hilfe der Trittleiter aus den Regalen nahm, während der Spielzeughändler im Schaukelstuhl mit einer dänischen Frauenzeitschrift auf dem Schoß schlief.

Mein Herz klopft die Kellertreppen hinunter: Óli, mir ist, als ob dein Onkel von der Polizei mich zwischen den Gefängniszellen hin und her wirft. Heute abend wird in den Nachrichten bekanntgegeben, daß der große Spielzeugdieb festgenommen worden ist... Bilder von mir erscheinen in den Zeitungen. Hellgraue Bilder, und Pfarrer Daniel lehnt es ab, mich in den Vorschulunterricht aufzunehmen...

Mit dem Schlüssel öffne ich die Abstellkammer, die nach Jutesäcken und alten Äpfeln riecht. Hinter der hausgemachten Rhabarbermarmelade finde ich das Feuerwehrauto, und die Entchen und Mickey Mouse hatte ich in den Bierkasten verschwinden lassen.

Das Feuerwehrauto ist stumm.

Auch die Entchen rühren ihre Instrumente nicht an, weder die Trommel oder den Kontrabaß, noch das Klavier. Sie schweigen in einer traurigen Stille, die sich um ihre Finger schließt.

Und obwohl Mickey Mouse mit aufgerissenen Augen und aufgerichteten Ohren lächelt, ist es nur deshalb, weil er so hergestellt worden ist.

War da nicht noch was, mein Lieber, sagt der Spielzeughändler, während Kaffee an seinen Stimmbändern entlangfließt und ich mit all den Sachen im Arm hereinkomme.

Nein.

Bist du ganz sicher?

Mama mißt mich so streng mit ihren Blicken wie nie zuvor seit meiner Geburt. Sie schaut mich an. Ich löse mich auf und sinke wie Staub zur Erde.

Ja, doch... ich ha-habe das Matchboxauto als Geburtstagsgeschenk genommen. Ó-Óli hatte Geburtstag.

Und ich hatte dir doch Geld gegeben, damit du was für ihn

kaufen kannst Jóhann. Wie kannst du nur... nein, Jóhann... also jetzt hört doch alles auf... (usw.), sagt Mama, mit einem »diese schrecklichen Kinder« im Blick.

Eins ist klar: Laut Regel Nummer soundso vom Straßenparlament kann ich nicht einfach runtergehen und dir das Matchboxauto wegnehmen, Óli, denn Geburtstagsgeschenke sind vom Regreß ausgeschlossen...

Wa-wartet ein-einen Moment, sage ich über den Küchentisch.

Ich laufe in das Zimmer meines großen Bruders und ziehe sein Fahrtenmesser aus der hellgrauen Scheide mit dem Druckknopf. Mit raschen Griffen mache ich mich über die Spardose her, die auf der Fensterbank liegt. Ich schiebe das Fahrtenmesser zwischen die goldenen Zähne und versuche, die Spardose aufzubrechen. Ich mache mich am Schloß zu schaffen, zu dem nur Bankbeamte Zugang haben: Nein, eine Spardose von der Nationalbank scheint einem feuersicheren Safe in der Schweiz zu gleichen. Ich kann sie nicht öffnen. Ich mache mich mit dem Fahrtenmesser am Rücken der Spardose zu schaffen, hackhack, ja, fahre den Rücken entlang, denn wie du noch aus Kapitel sieben weißt, hat die Spardose die Form eines Buches.

Ich weiß nicht, wie lange ich damit zugebracht habe. Doch plötzlich gibt die Spardose nach und die Münzen springen überall hin. Die Spardose ist weit offen, und der 25-Kronen-Schein mit dem Porträt des Landvogts Magnús Stephensen schwebt gemächlich auf den Boden; ja, das sind die 25 Kronen, von denen ich ein Matchboxauto für dich kaufen sollte, Óli, als der Spielzeughändler in der hellgrauen Weste so fest in seinem Schaukelstuhl schlief.

Hier... sage ich niedergeschlagen mit dem hellblauen Schein in der Küchentür, ich will den Betrag erstatten, als ich sehe, daß die Stühle, auf denen der Spielzeughändler und sein Sohn gesessen haben, leer sind. Am Küchentisch sitzen Mama und Papa im lastenden Schweigen des Camelqualmes, der über den Tisch zieht, während mir der Schein aus der Hand fällt und gemächlich auf den Küchenboden schwebt ...

Ich kann immer weniger sagen.

James Hamilton-Paterson
Seestücke
380 Seiten
btb 72157

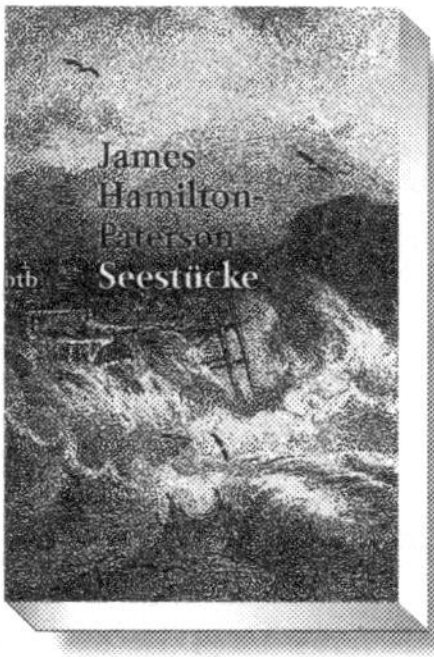

Aus Freude am Lesen

James Hamilton-Paterson

Ein Meeresmosaik zum Staunen: Historie, Mythologie, Literatur, Zoologie und Exkurse über die Absurditäten internationaler Fischfangabkommen vereinen sich mit ganz persönlichen Erlebnissen des Autors zu einem Netz lebenspraller Geschichten. »Unbedingt lesens- und verschenkenswert. Kaum ein Buch hat uns das unergründliche Meer so nahegebracht.«
Rheinischer Merkur

Dava Sobel
Längengrad
240 Seiten
btb 72318

Aus Freude am Lesen

Dava Sobel

Dem unbekannten schottischen Uhrmacher John Harrison gelang im 18. Jahrhundert die Lösung des Längengrad-Problems. Trotz aller Intrigen - große Astronome wie Galileo, Newton und Halley suchten den Schlüssel zu dieser damals schwierigsten nautischen Frage in den Gestirnen - setzte sich seine geniale Erfindung durch. »Ein großer Wurf, den man in einem Rutsch verschlingt.« *Die Welt*

Helmut Krausser
Thanatos
Roman
542 Seiten
btb 72255

btb
Aus Freude am Lesen

Helmut Krausser

Die ungewöhnliche Geschichte des Konrad Johanser, Archivar des Instituts für Deutsche Romantik in Berlin, der sich immer mehr in seine Wahngebilde verstrickt, bis er auch vor Mord nicht mehr zurückschreckt.
»Einer der wichtigsten Romane der letzten Jahre.« *Die Woche*

Robert Hültner
Inspektor Kajetan und
die Sache Koslowski
Roman
220 Seiten
btb 72144

btb
Aus Freude am Lesen

Robert Hültner

In den Wirren der Räterepublik verschwindet in München der Journalist Meiniger. Nachdem seine Leiche gefunden wird, beginnt Inspektor Kajetan mit höchst gefährlichen Recherchen.
Ausgezeichnet mit dem Deutschen Krimipreis 1995.
»Hültner erzählt mit der kraftvollen, imaginierenden Stimme eines Romanciers ... Solch eine Stimme kennt man im deutschen Krimi sonst nicht.« *Der Tagesspiegel, Berlin*